U0533172

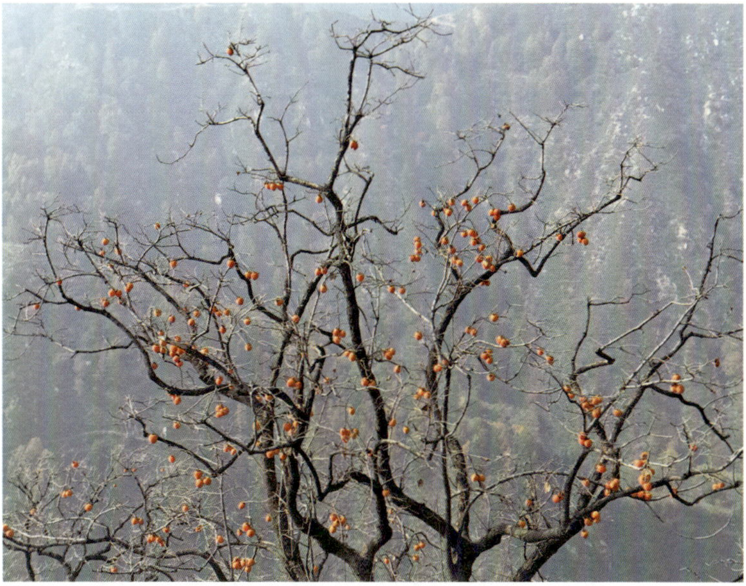

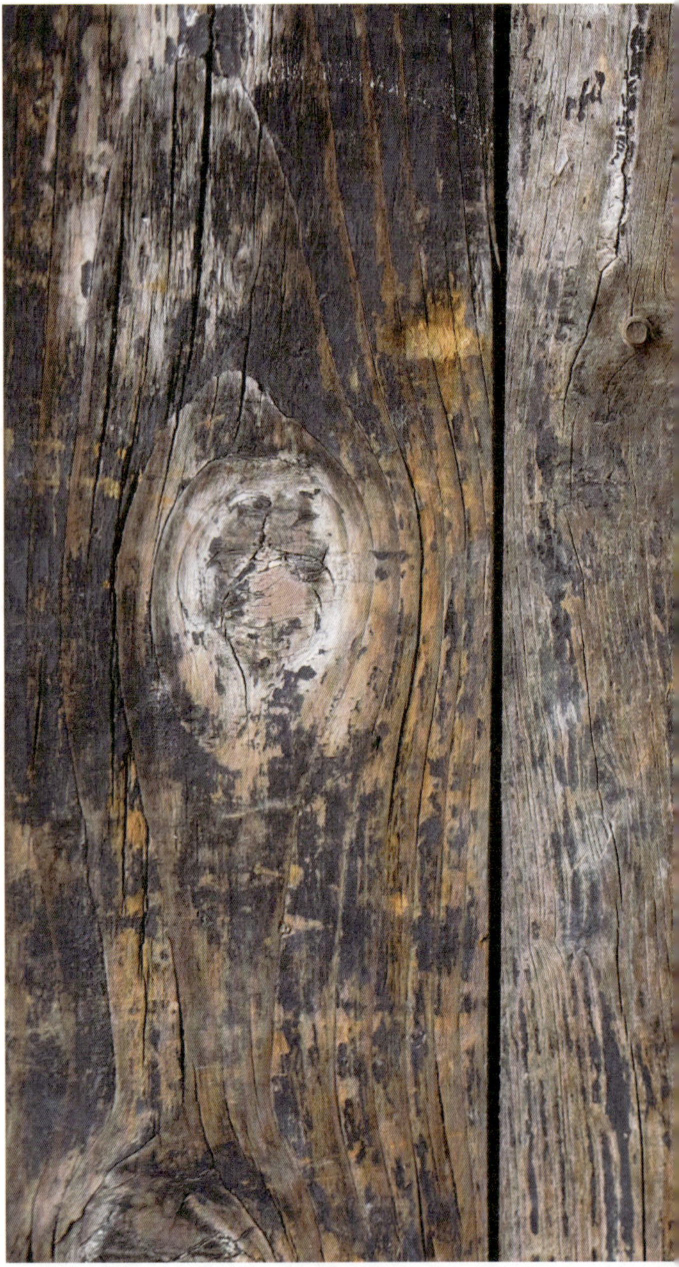

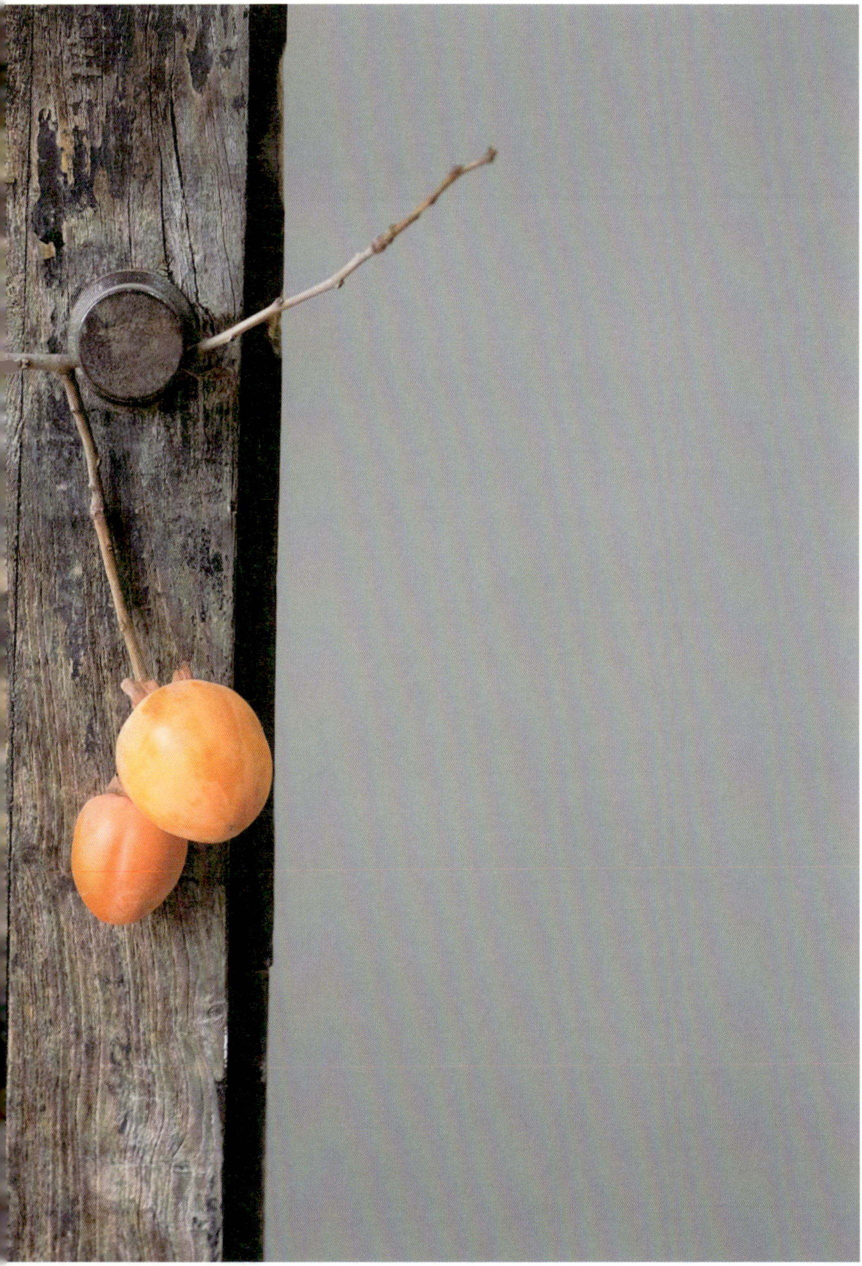

大暄

我只想在广袤璀璨的星河里
享受着生的鲜活，
独自飞，
游走。

山居七年

张二冬 著

中信出版集团 | 北京

图书在版编目（CIP）数据

山居七年 / 张二冬著. -- 北京：中信出版社，
2020.3（2024.11重印）

ISBN 978-7-5217-1569-9

Ⅰ.①山… Ⅱ.①张… Ⅲ.①散文集－中国－当代
Ⅳ.①I267

中国版本图书馆CIP数据核字(2020)第026895号

山居七年

著　　者：张二冬
出版发行：中信出版集团股份有限公司
　　　　　（北京市朝阳区东三环北路27号嘉铭中心　邮编　100020）
承　印　者：北京启航东方印刷有限公司

开　　本：787mm×1092mm　1/32　　印　张：7.5　插　页：4　字　数：108千字
版　　次：2020年3月第1版　　　　　印　次：2024年11月第13次印刷
书　　号：ISBN 978-7-5217-1569-9
定　　价：58.00元

版权所有·侵权必究
如有印刷、装订问题，本公司负责调换。
服务热线：400-600-8099
投稿邮箱：author@citicpub.com

16

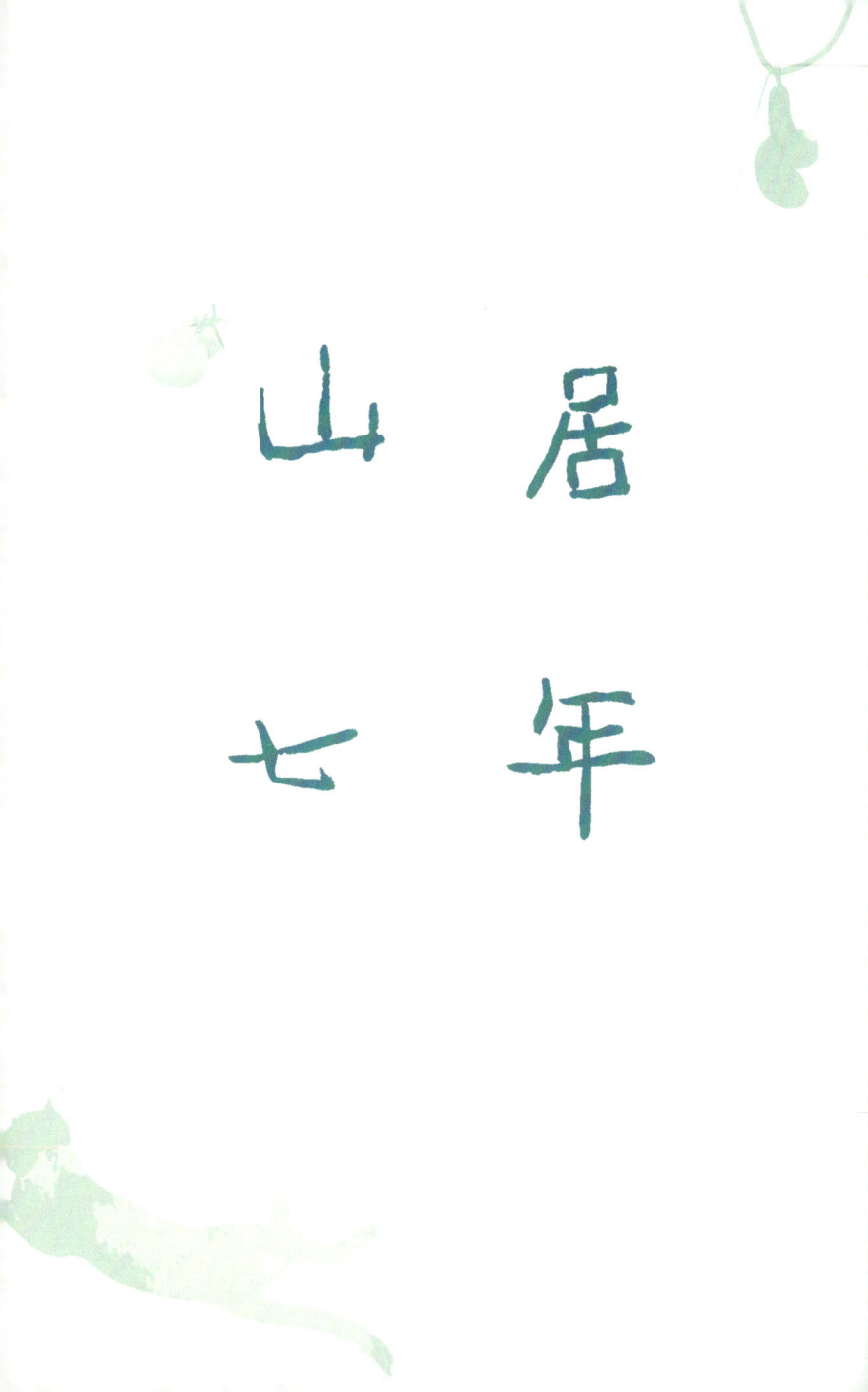

山居七年

目录

万物自带韵律

摘花的声音很有快感　001

菜园之 28 种　006

山间快活　023

不是给我下的　033

一天太短　035

山静日长

天朗气清　039

睡得很早　040

月光　043

打架　045

趋于完美　047

最后的藏獒　049

家大业大　053

剥蒜记　063

时间从我的身体里流走，就像忘了关的自来水　068

孤独是自觉的捷径　071

无非是个仪式感　076

我喜欢孤僻、冰冷、透亮、清明，更多一些　079

真的很想一生，都如出水莲花这般清　084

终南山里有神仙

刚有一只猴子穿着不合身的衣服从门口路过讨水喝　089

隐士　090

求道不如求仙　094

遗风遗民　098

Hi！永琴　116

终南山里有神仙　133

空空荡荡的满

隐形兽 139

道 140

历史 141

被窝笔记 144

拖稿理论 154

这确实有点难 157

有关陌生感 160

主动非主动 164

视角很重要 167

有所期待 178

有神明 180

文明限制了想象力 184

后记：山居七年 186

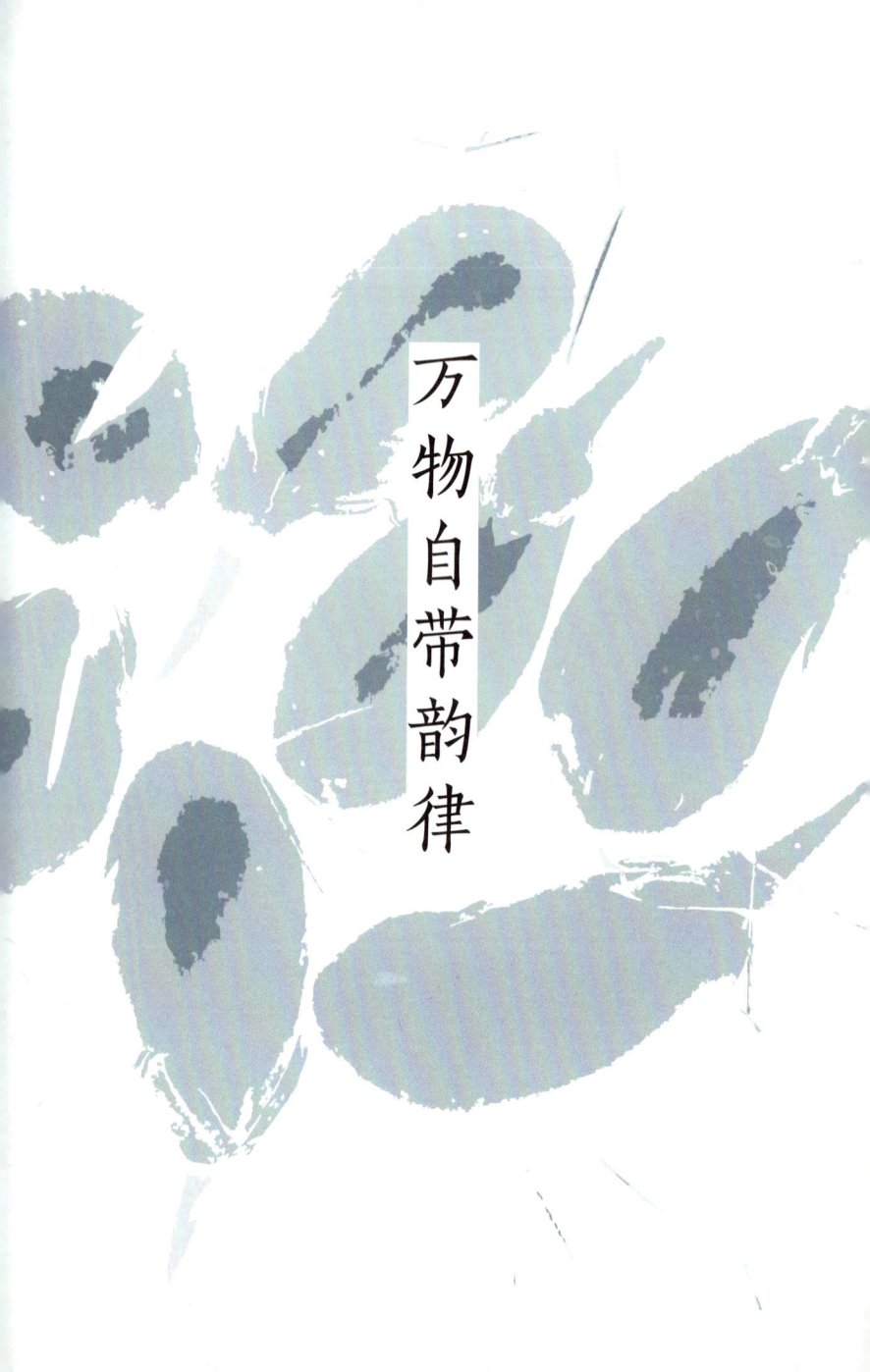

万物自带韵律

摘花的声音很有快感

食指和中指夹住花托，
轻轻一撸
啪——
铅笔芯，就折断了。

院子里有朵花，开得很大胆，大概附近就它一朵，
在没有同类的地方开，跟裸晒一样。

香菜花
美得很！

轰!

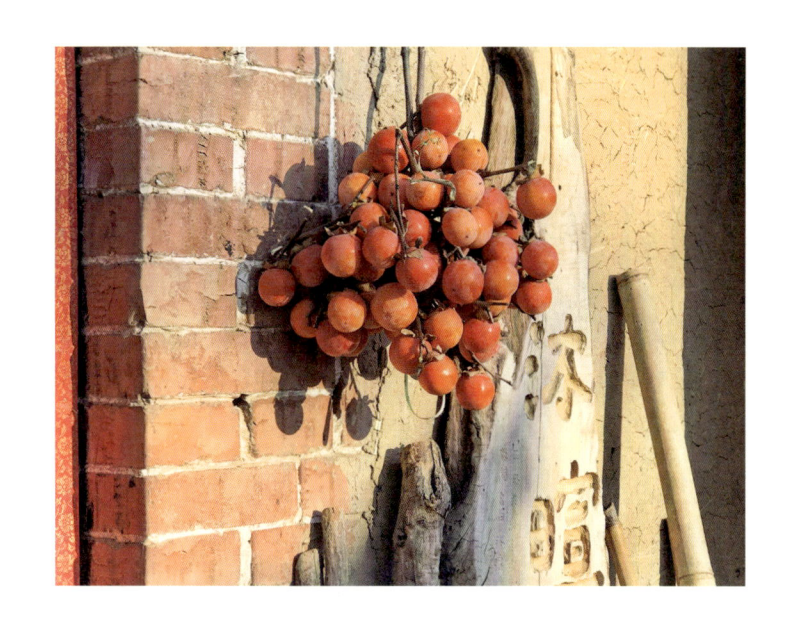

这种小的火晶柿子，是最好吃的，也最好看，像件艺术品。

菜园之 28 种

冬瓜适合直播

我妈说,冬瓜要种在院子外面,最好是路边,因为冬瓜喜欢被人看,越被人看,就长得越繁茂。所以让我以后没事就多在冬瓜秧前转转。

感觉冬瓜比较适合直播。

草莓适合披肩发

我妈说我草莓种得不对。因为草莓是铺开长的,平地种,很容易挤到一块,相互遮蔽,果子结得就少。她让我今年冬天起几道埂,把那些草莓的根移栽到埂上。这样草莓的叶子就会顺着埂铺展下来,每朵花蕾都能晒到太阳,果子结得自然就多了。听起来,草莓适合披肩发。

万物自带韵律

苋菜是哪里来的

如果有个院子,有块地,只需翻一遍土,不用播种,不用浇水施肥,甚至都不用多看它一眼,到了六月,苋菜就会肥旺地铺满整个院子。

牛筋草

听名字就很难对付。

菜地里,其他草旺盛时,牛筋草一棵都不长,但只要把其他草一锄,它就伺机而生,开始疯长。

眉豆

真好听,像来自唐朝的命名。

油麦菜

油麦菜很聪明,知道自己柔软,所以长得很挤,根并根,不给杂草留一点生存的空间。

万 物 自 带 韵 律

芥菜

有毛刺,和萝卜叶子很像;耐寒,微苦,很有韧性,比荠菜更有吃草的口感。

爬山虎长得太凶了

不太懂爬山虎的生长轨迹,感觉是由一条枝左右开叉,每个叉又各自为枝,分别开叉,如此循环,倍数增长,无限复制——生命力真的太惊人了。

它有千万只触角,见缝插针,落地生根。

玫瑰土豆

听说把玫瑰枝插土豆上,埋进土里,就能成活。听起来是挺有道理的,这样扦插的新枝就能充分吸收土豆的水分,宜于生根。于是,我扦插了三枝玫瑰,土豆倒是长得都很好。

红薯不爱喝水

和西红柿、葡萄、黄瓜这些靠水滋养的蔬果不同,红薯就不太喜欢喝水。我妈说,红薯要是种在吸水性好的土壤里,很容易被雨水淹坏，要不就是块根结得很小，但在水分流失比较快的坡地种，红薯就能结得很大。并且地也不能太肥，不然就只长叶子。

我觉得应该是红薯靠根结"果"的性能造成的。黄瓜、西红柿是靠上面枝叶结果的，根部的水分和养分全用来供给枝叶了；而红薯，如果根部的水分和养分太充足，就会被上面的枝叶所吸收。所以减少水分和养分，相当于让根困境求生，正如那些石头缝里的崖柏，为了保命，所有的力气都先用来生根了。于是根越长越大。所谓红薯，就是它被迫发达的根系嘛。

有意思，红薯的生长，很像这个时代，信息太多了，反而很少出大的智者。正如红薯，水太多了，只顾着长叶子，地表以上的"知识面"看上去很大，但挖开一看，根都浅薄得很。反而是没有手机、没有书读的年代，信息的饥饿感，造就了很多深刻的人。

蘑菇

真菌的生长速度非常惊人，像松林里的菌菇，只要雨水好，隔夜就能采摘（但不可乱吃）。想来如果夜间拍个延迟摄影，应该能看到它魔术般的绽放吧——变大变大变大变大变大……

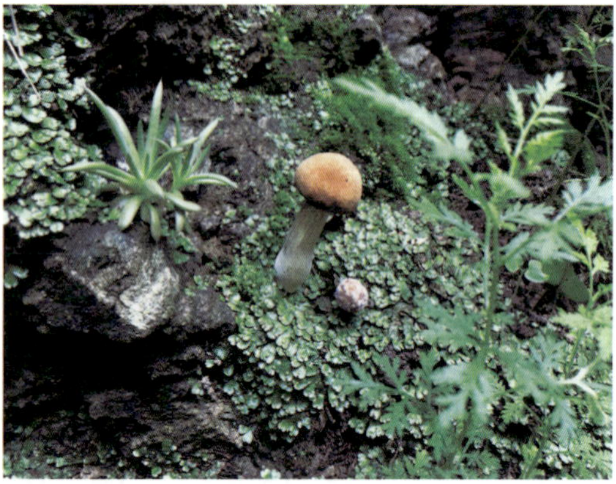

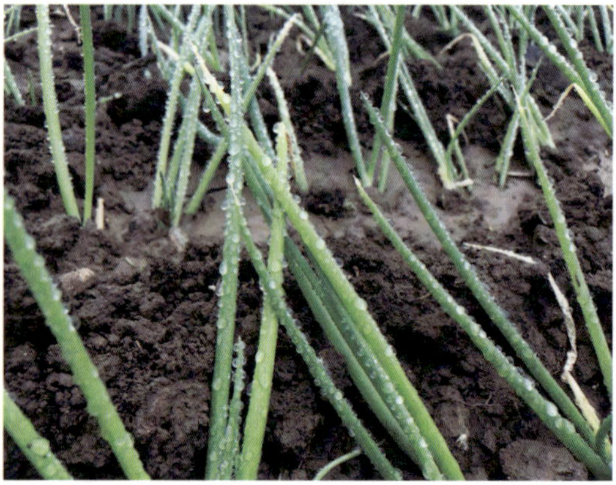

躺葱

葱要躺着栽,把葱苗的葱白都埋起来,阳光雨水充足的话,两三天就立起来了。因为葱的新叶是从葱白处分发上来的,所以种冬葱的逻辑就是:四月撒种;五月生;六月把葱苗拔出来,重新分垄,栽的时候,把葱苗大半个身子都埋到土里;七八月,深埋在土里的葱芽,就会耐心地缓慢摸索着往外长(小葱葱肯定在纳闷,都长那么高了怎么还不见阳光啊);到了秋冬,刚好长成。

茴香煎饼小菜园

藿香我吃得多,捣蒜泥时都会放两片。茴香我之前都没怎么吃过,但前年在一家餐厅吃过一次茴香煎饼,印象颇深,于是去年就在葱地旁边开了一小块儿——茴香煎饼小菜园。

萝卜叶子炒来吃

萝卜、白菜、黄心菜,三五天就出了,看这长势,估计一个月就能炒一盘萝卜叶子。萝卜叶子炒来吃比青菜更香,有芥菜的口感。

绿茄子更有肉感

后来我才知道,做茄子面和蒸茄子条,最好用绿茄子。绿茄子比较硬,密度大,水分也多,切起来像切小瓜,煎熟后还是一片一片的,不会粘在一块。蒸着吃,也比紫茄子更有肉感。

椒是老的辣

熟透的辣椒,颜色深一点,深绿,表面光滑,硬度高,辣味就很烈;嫩辣椒,颜色浅一些,黄绿,表面涩涩的,捏起来软脆,辣味也淡很多。

看来不只姜是老的辣,椒也是老的辣。

韭菜

我做饭,会尽量避免使用那种花费太多时间的材料——比如豌豆,好久才能剥一碗——不然做菜俩小时,吃菜五分钟,会有种"不过如此"的失落感(贤者时间)。我不太喜欢吃韭菜,就是因为韭菜总给我一种太零碎、不大好操作的感觉。其实我也清楚,那只是韭菜的形象给人的错觉。新鲜的韭菜没那么复杂,直接割下来,冲洗一遍就可以下刀了。只有放久了的韭菜,才需要一根一根将最外面的黄叶去掉。

万物自带韵律

但我很喜欢种韭菜，因为韭菜的根和野草根一样，只要种活，就不用再管了，以后每年都会自己长出来，"春风吹又生"。其他菜就不行，一年一季，每年都要把根除掉，翻一遍土，重新育苗，重新栽。并且韭菜在生长期很有韧性，割完一茬会再发一茬，可以"循环播放"。

这个太诱人了，以至于我每次挖地时都会想，要是所有的菜都可以像韭菜这样一劳永逸就好了，并且最好能种点可以"单曲循环"的肉片、段状羊排、没有壳的核桃、土豆丝、不带籽的百香果、鲜榨果汁什么的。

葡萄树

门口的葡萄树旱死一年多了，好几次我都想拔掉，但觉得枯枝不影响什么，就没动手。今年开春还在它前面栽了棵桃树，明显是彻底放弃它了。然而今天拔草，发现这棵已经"死去"的葡萄，侧根竟又长出一条新枝来。

很意外，不知道这一年多来它在土里是怎么自救的。

豆角蔫了

有一年夏天，朋友从山下带上来的豆角，在厨房放了十多天后，被我扔掉了。因为我很清楚，大夏天的，温度这么高，一般豆角从架上采摘下来，基本放两天就会缩水蔫掉，而这把豆角放了十多天，还跟刚摘下来的一样新鲜，太侮辱我的判断力了。

六月吃了不少杏

今年杏好，虫少，因为杏花落之前下了一场雪，虫卵就冻死了大半。

很多人以为水果里面的虫是果实成熟后钻进去的，误解很深。其实由外进入的只是少数，大多有虫的杏，外表很完整，没有任何虫眼虫洞，只有掰开后才会发现里面有虫。因为多数虫是在春分花开之时就寄生在花蕊里面了，虫卵和果实共生，靠食果肉成长，果子长熟，虫子也长成了。

所以果农给果树打药，都是在花落之前。

这就有了个很实际的问题——虫卵这种有生命的、具体的小东西，都能被果实带入内部，那杀虫剂作为一种能浸湿花蕊花瓣的液体，不就更容易被包进果肉里了吗？

山 居 七 年

0.001

剥煮熟的鸡蛋时,经常看到蛋壳和蛋清之间有一层膜,薄薄的,有0.03毫米,自带磨砂效果。刚剥的新蒜,蒜瓣上面也有一层膜,透明的,比蛋清上的那层膜更轻、更薄,有0.01毫米厚。不过我在超市收银台还见过更薄的:0.001毫米。

28种

今年种了:黄瓜、茄子、苦瓜、豆角、青椒、玉米、韭菜、葱、香菜、苋菜、荆芥、南瓜、莲花白、秋葵、西红柿、眉豆、丝瓜、蒜苗、茴香、藿香、小白菜、草莓、紫苏、树莓、豌豆、向日葵、西瓜、油麦菜。

我今年种菜的水平,已经和做菜的水平不分伯仲了。至于我做菜什么水平,这么跟你说吧,每次我做菜,想到最多的一句话就是:哎,又要吃撑了。

总是有的吃

大概是因为春秋能吃的菜太多了,以至于我总以为北方冬天没什么菜吃,其实只是相对夏天来说少了点。黄瓜、茄子、西红柿快要结束时,萝卜、白菜就已经发芽了——四季很暖心,

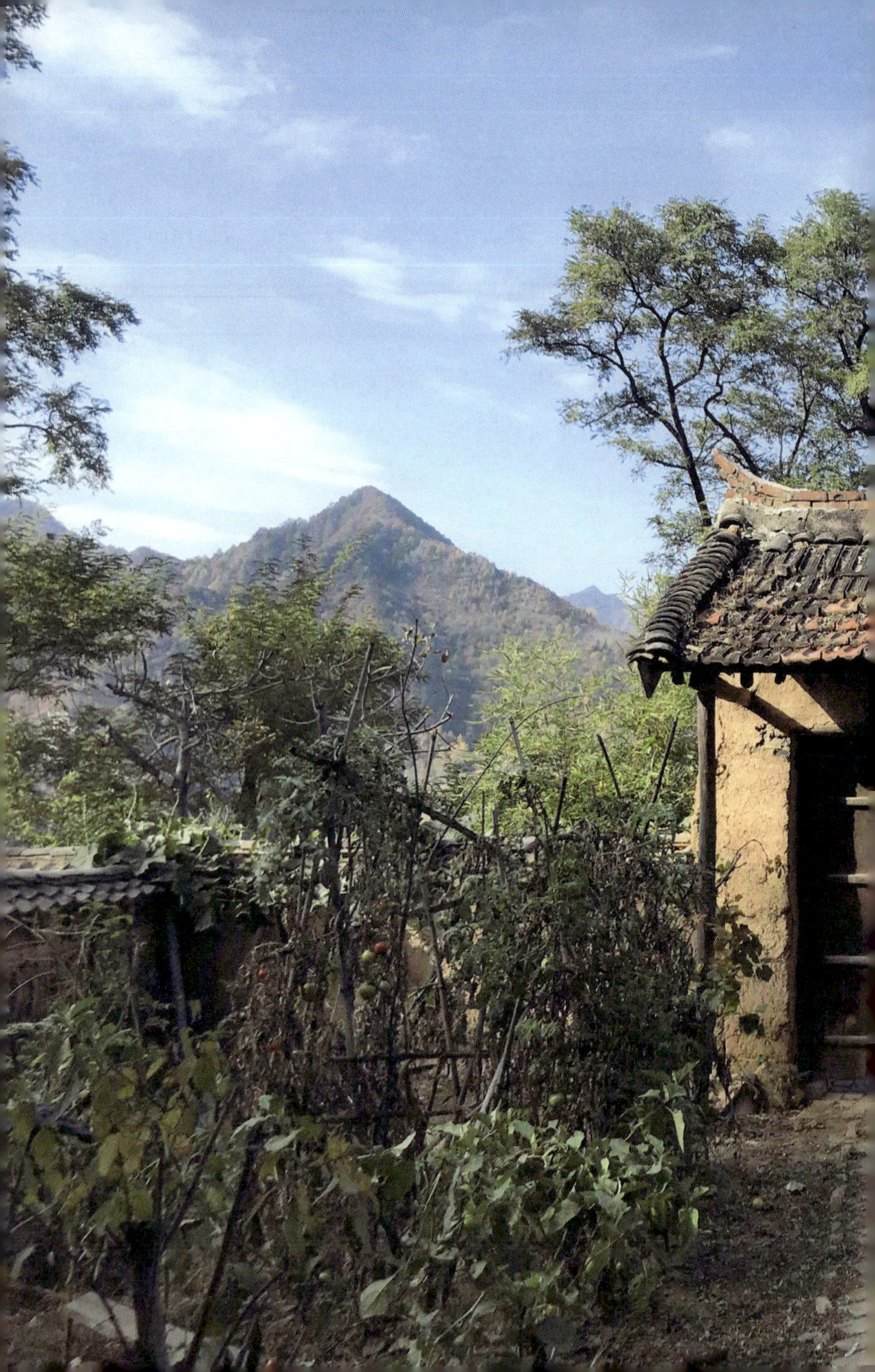

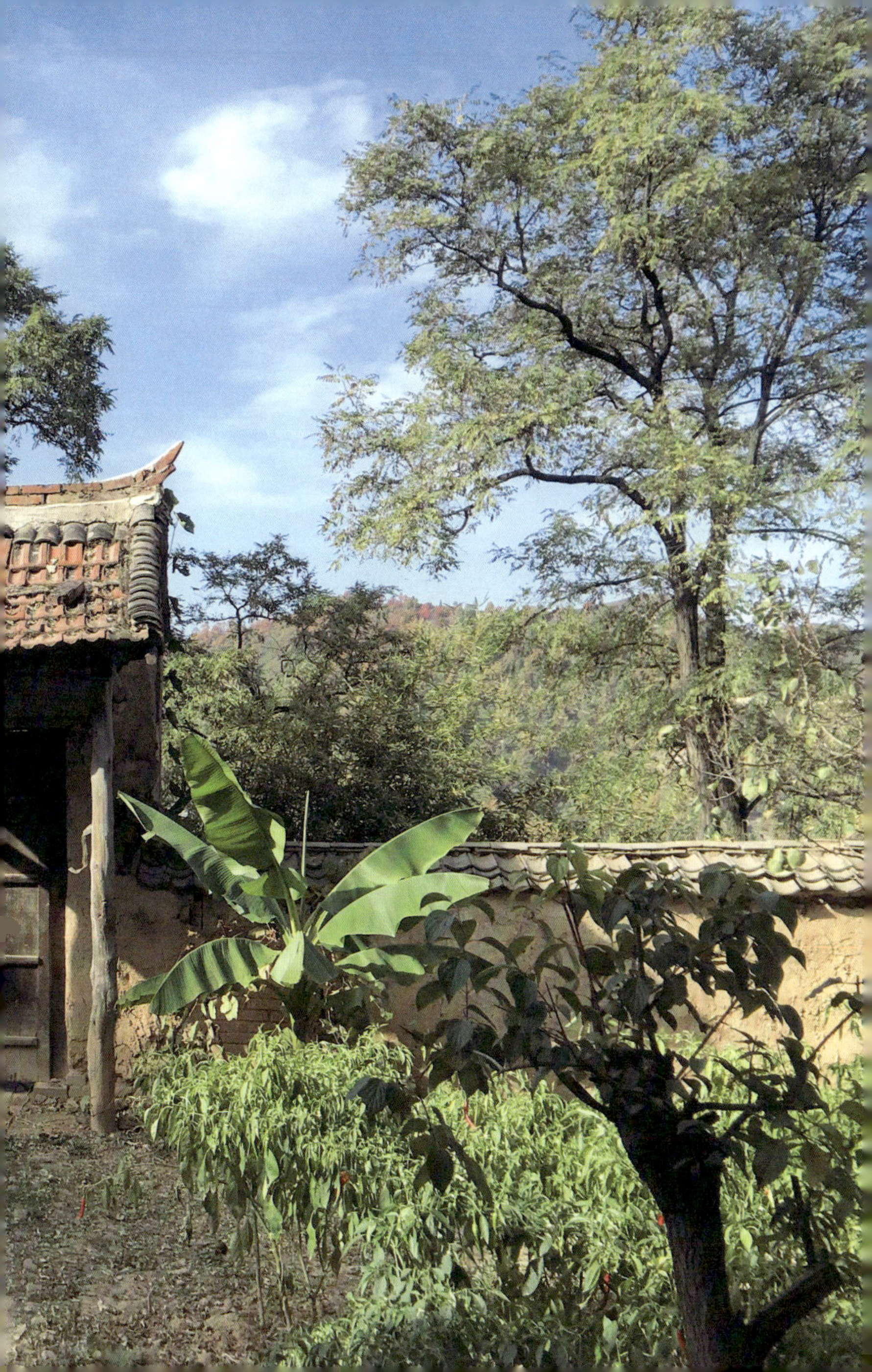

食物刚好可以接力循环。

所以冬天除了萝卜白菜葱姜蒜，还有香菜菠菜大青菜油菜芥菜空心菜，还可以生豆芽、磨豆腐，腌鱼腌肉腌鸭蛋。

自然很理性，总是有的吃。

山间快活

蒲公英

它太软了,软得会发出纤弱的嘤嘤声。

紫菀

陌生人面前,不爱说话的,女孩。

小蓟

一种紫色的花,有蜜桃的胸部,短发。

枯叶蝶

有一种蝴蝶,想象着自己是枯叶,想着想着,就长成了枯叶蝶。

024　山居七年

天牛

爱吃木头,叫声似拉锯,撕裂并尖锐;壮硕如牛,能飞能走;牙齿如刀刃,脚齿如钩;脾气很大,有铁的质感。在昆虫界和螳螂一样,大哥级别,是个硬汉。

竹节虫

竹节虫,也叫竹节鞭,但我更习惯叫它竹节虫。老司机看到鞭这个字,总觉得很补肾。

这种虫据说可以单性生殖,雌虫想要宝宝可以自己生,所以竹节虫的世界是女子学校,男生很少。

它的腿和壁虎尾巴一样,可以自行脱落,然后再生,所以遇到危险时竹节虫会把腿扔给敌人,自己跳着逃跑。这个就厉害了,想象两个人打架,其中一个人突然把胳膊卸了丢到你脸上,你绝对不知所措了,然后在你还没有缓过神来时,对方就已经不见踪影。

毛毛虫

它长成有毒的样子挺好的,很安全。

不像长得又美又柔弱的花蹦蹦(斑衣蜡蝉),让人有捏死它的冲动。

禅定

有一只瓢虫,在阳光下爬行。

知了都是公的叫

知了都是公的叫,因为只有雄蝉腹部才有发声鼓膜,雌蝉则是实的。但雌蝉听力都很好,精准敏锐,可以在一万只节奏统一的共鸣之间,清晰分辨出哪个叫声更高、更持久,然后就寻过去,与之交配。

怪不得女人总是一眼就能看穿男人的谎言。

大龄剩蝉

寒蝉即秋蝉的诗意命名,意指天冷时叫声低微的蝉。

其实就是最后一拨落单的蝉啦,叫了一个夏天,还没姑娘看上,心灰意冷,默不作声。

大龄剩蝉。

萤火虫

做梦的时候,潜意识像混沌黑暗里飞着的一只萤火虫。我

万 物 自 带 韵 律

所有的思路都很安静地被这个小光点牵着走,是单线程的,是被动的。它往哪儿飞,我就往哪儿走。

一醒来,就像那个黑匣子打开了盖子,哗啦一下,小光点变成一束光瀑,不可控的、嘈杂慌乱的意识就铺天盖地地涌入,以至于每次醒来我都有点不知所措。

学得很快

门前槐树上的喜鹊学我折腾,把西边的窝给拆了,又在同一棵树的东边杈上搭了一个。

为了冬天能在我喂狗的时候蹭点狗粮吃,这小夫妻俩(喜鹊)直接在我墙外搭窝了。很会选位置啊,黄金地段,"学区房",三室两厅。

母猪要穷养

我妈说,养猪时,猪受孕后反而不能给猪喂太饱,如果每天都吃得很饱,猪就会只生一个;反而猪挨饿的孕期,一窝能生七八个。

万物自带韵律

羊屎蛋儿（羊屎豆）

据说羊粪是不能用作植物肥料的，劲儿太大，能把植物活活烧死。而猪粪、牛粪、鸡粪什么的就没这么大能量。有意思，羊肉很膻，羊屎也凝聚着非同一般的臊气，怪不得我总感觉羊咩咩不说话的样子很神秘。

我不

一直想养一头驴，去年就托人问了，大概机缘不到，一直没遇到卖驴的。不过后来又庆幸没遇到，不然这一院子鸡鹅狗猫，再加一头驴，就可以立个"秦岭动物园·家禽和家畜馆"的牌子了。

考虑养驴，而不养马，是因为据说驴比马的食量要少很多，一天两三个白馒头就够了。动物多了，要照顾的就多，我自从有了两个院子，体会太深了，简单省事更重要。驴驮东西，跟马一样下力；驴臀部很宽，骑在上面很平稳。只是听闻驴脾气很倔，让我犹豫，怕哪天正骑着，它生气不走了，就麻烦了。这可不像骑摩托车，不走可以加油，驴宝宝不走，就只能坐等天黑气消。犟驴嘛，就像呆鹅，能得此"美名"，一定不是凭空捏造的。不过我觉得过两年，机缘巧合，还是会考虑养头驴，名字都想好了，叫"我不"。

气死我了

我和永琴一块围堵,把公鹅逮住关进了笼子里。这几只鹅,公的带着母的,喂的苞谷粒不吃,天天跑到坡下田里以苞谷苗为食。苞谷种了两个月,已经长到小麦高了,每次看见被鹅连根拔起的苗,我内心就有一种被恶意伤害的羞辱感。

就像辛苦一个季节种的庄稼,到了收获的时候,被人恶意破坏,一把火烧了,会有种要被气哭的心情。更可气的是,鸡、鹅脑容量一样小,转眼就忘,偷吃东西被发现,赶走后,转身又上,像是跟你打游击,屡教不改。果真是低等动物,怪不得佛教里把杀生的业障也分三六九等。

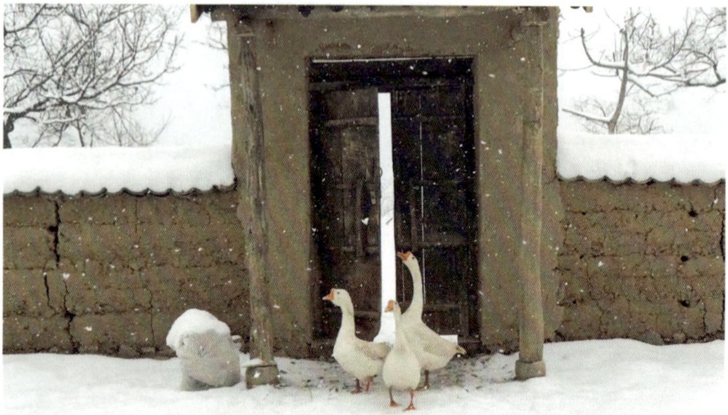

不是给我下的

有个下雨天,上午还是晴天,我下山玩,傍晚回来,小雨就淋湿了地。于是上山时,我的布底鞋就彻底被泥水浸透,而且我还没拄棍儿,一步一滑,揪着路两边的草才爬到家。

非常狼狈。走得太累了,我就站在云雾里埋怨:这雨下得,太讨厌了,非要赶到这个点,故意的吧?

第二天早上,雨停了。起床后,我拾起昨晚换下来的泥鞋,泡在盆里,蹲在门口刷洗,抬头看见门前黄花菜,叶子上水珠饱满,一尘不染,院子里所有的杂草和蔬菜也都是葱葱郁郁,尽兴舒展。

看着这满目清新,突然就发现,我太自以为是了。这雨,本就是云和草的对话,是给山里这些植物下的,是山和它家草木之间的事,根本就不是给我下的。

有可能进入春夏以后白天变长了,近期我都是晚上十点左右睡,早上五六点就醒了。但这也是这几个月才改变作息时间,整个冬天之前,差不多都是晚上零点以后睡,早上八到十点起。不过早睡早起,还是更合理一些,就像门,晚上合起来,白天打开。

  昨日的雨,酣畅淋漓,看来憋得的确太久,在此之前,玉米叶子都缩成酥脆卷了。可以预见,这场雨一过,所有的菜都能缓过来,迅速生长。

  外面雨雾很大,今天就在房间里飞了。

一天太短

1

生活中大部分的时间都是，一整天都很无趣，单调、乏味、慵懒，没任何意义。只有某一刻，狗卧在门口，鹅在水池边拍打着翅膀，你转头，突然看见，穿透树梢的斜阳化作一根光柱打在房前的墙角，照在一只黄色的虫子身上，闪闪发光，像一粒金子镶嵌在墙上。

而写作，或者生活的意义，皆在那一刻变得无比清晰。

只是我比较贪心，总是不太满意一天当中灰色的部分，正如平庸，像闭着的眼睛，总觉得持续频繁地点亮，才更圆满。于是每次太阳下山，我都会感叹：一天太短。

2

后院那棵麻栎树一直熬到初冬，叶子水分都蒸发完了，还不落下来。风一吹，干枯焦黄的叶子相互碰撞，噼噼啪啪，跟放鞭炮一样。

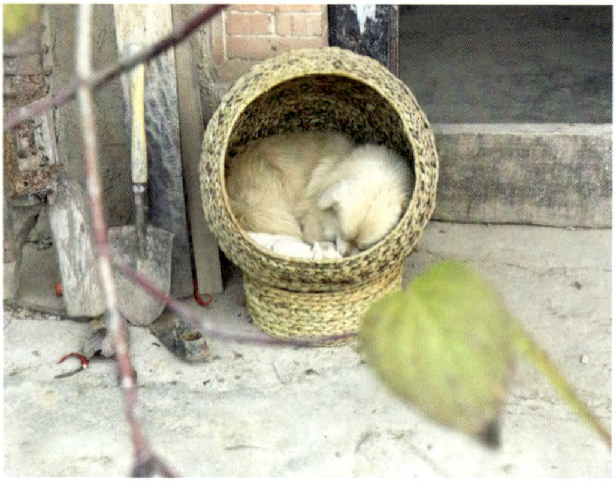

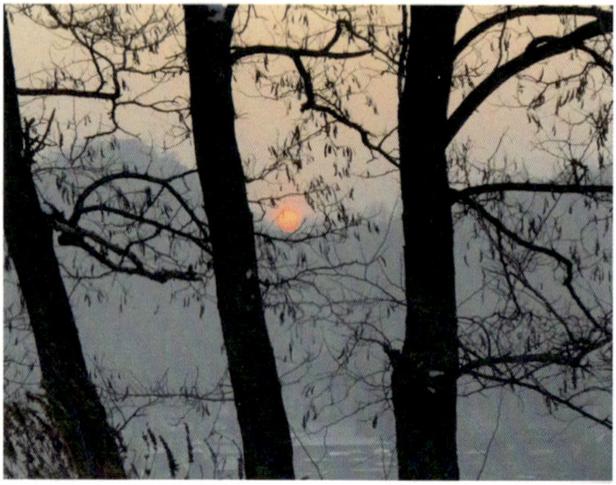

3

大多数雷声是"咕噜噜",或者"轰隆隆",再大点,"咔嚓——"!

但刚才那道雷,比那些都要迅猛。先是一道刺眼的闪电划破天际,就像午夜烟火般的流星,接着"咔——"一声,果断迅猛,没有任何过渡。那种突如其来的震撼,就像毫无防备的情况下,一尊瓷瓮突然炸碎在你面前。

4

有天晚上,也不算害怕吧,就是凌晨我打算锁门休息时,抬头看见头顶上空有一团云,压得特别低,就在树梢的位置,厚实且浓密。它太大了,一半的天都被它遮住了,像一艘巨大的飞船,随着风的推动,一点点匀速缓慢地压过来,掠过我头顶。而且当时,整座山没有发出一点儿声音,只有黑蓝色背景映着一团灰白的云,触手可及,缓慢前行。

太美了,感觉随时都会有什么生物从上面张牙舞爪地跳下来。而我站在那里,第一次有种进入了一个陌生疆域的兴奋与战栗。

山静日长

天朗气清

往上飞的时候,有风

睡得很早

每次大风，或者雷雨，山里就会停电；
每次停电，我的手机就会无服务；
每次手机无服务，我就会睡得很早。

月亮白天其实也在亮，只是太阳的瓦数太高了

把太阳关了，月亮的明度就会显出来

月光

绍勋曾和龙波来山上看我,那天车开到家里,天已经黑了,一轮月亮悬浮在山顶。"月亮就应该在这样的山上。"绍勋说。

那天我们聊到很晚,大概凌晨一点,两人从屋里出来。院子里很白,我的几只鹅披着月光,摇摇摆摆地在地上走。抬头又看到了天上的月亮,远处有狗叫。

龙波说:"这样的狗叫,才是狗叫。"

晚上的月光像白天一样明亮时,会让人有种很奇特的感受,因为视觉上,天蓝云白,伸手能看清一道道掌纹,但你的认知又告诉你这是夜晚,而且一切生物也都习惯在夜里休眠。于是当你站在雪白透亮的世界里,活物大都休眠、万物都静止时,突然就会产生一种带有兴奋感的孤独。

那种感觉很难描述得清楚,大概是放眼望去,一切生物都睡着了,只有你醒着。就像白天时,时间突然静止,大面积的世界像图片一样被定格。只有夜间活动的蚊虫在这个镜头里,缓缓游动,孱弱低鸣。

洞彻光明下的静谧、静穆之美,神秘又神圣,令人感动。

所以人类在那个情境里，幻想出狼人、月宫，一点儿都不意外。

触景生情的前提是"触"，先有知觉，情感才会有反应。古时有很多写月亮的诗句，而且很多经典和月亮有关，便是因为那个情境确实太特殊了，任何人月下一站，瞬间就会清醒、平和、专注、孤独，月光的气息太温柔、慈悲了。而当代写月光的诗就少了很多，写得好的更是屈指可数。很明显，月亮的地位在现代文明和电灯的夹攻下早已式微，神性和功能性都已弱化了。光怪陆离的城市，彻夜被电灯笼罩，连有感而发的条件都没了，哪还有机会写成诗？不然，抛开童年记忆，现代人多久没有被月亮银白的光瀑震撼过了？

更不用说星辰、银河。

打架

早起开门看见两只公鸡打架,我便端着手机看热闹。开始我以为只是争个胜负,宣誓下主权,一方落败,另一方就撒手了,毕竟这两只是亲生父子。但没想到这一架,直接打了二十多分钟。

挺震撼的,不是因为血腥,而是因为打红了眼的那股劲儿。落败的皇阿玛,已经明显表示求饶了,对方还不罢休,一直打,感觉必须将其打死才算结束,很残酷。很多黑帮片里面也是,打架,不是打赢了对方才服你,而是要让落败的一方看到你就想到死亡,才算结束。

我始终没去帮落败的建国。动物界很公平,一山容不得二虎,彻底被打败了一次后,就彻底臣服了,以后就独善其身,独来独往。

只是遗憾,被啄到满脸鲜血、彻底认尿的老鸡建国,掌权的时候,人挡啄人、鹅挡啄鹅,每次出场都自带光芒、前呼后拥的,但谁也没想到,真被挑战的时候,这一身的气势、伟岸,却早已是虚妄的膨胀。而母鸡们也是现实,早上建国落败,中午就都跟着新丈夫觅食去了,只留吃了败仗的建国,一个人躲到后院呆站着,一脸落寞,不知道在想什么。

山 居 七 年

趋于完美

我从邻居家买了一头猪,约了好几个朋友上来吃肉。市场上的肉,要不喂饲料,要不注水、喂瘦肉精,我吃起来很不放心,邻居家养的,就比较知根知底。

这几年我很少买山下的菜了,必须买的时候,就去赶集,买那些老头儿老太太自己种的。这不是过度紧张,而是我自己会种菜后,发现市场上的很多菜,根本经不起逻辑的质疑。比如有次朋友上来吃火锅,带上来很多菜,其中几棵油麦菜,长得特别肥大,水灵灵的。太肥太大,太可疑了,因为我一个种菜的,每天精心呵护,施肥浇水,都种不出这么肥大的油麦菜。

就像山下卖的那些草莓,我从来不买,也从来不让朋友买,因为那些草莓长得太完美了,很大很红很完整,每一颗都像是广告片里挑选出来的。我自己种过草莓,也吃过邻居家地里的草莓,很精致的,基本都是小小的;偶尔几颗大的,也都是歪瓜裂枣的品相,不会那么"正";草莓整体成熟的时间也是阶段性的,很不均匀,根本长不出那么完美的样子。

看似趋于完美的自然之物,都是有问题的。

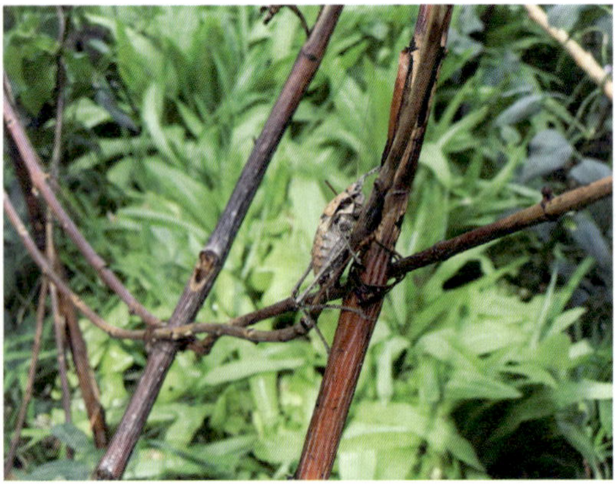

最后的藏獒

题：去年听说有个修风箱（就是灶台前手拉的那种）的，骑着自行车，到处吆喝修风箱。还埋怨说，现在生意越来越不好做了。

其实我觉得他可以改行，去修 BB 机。

两年前，村里邻居家大儿子花几千块买了只藏獒，说城里不让养，就带回山上关着。关着也没什么，主要是他在山下当保安，很少回来，等于是把这么个庞然大物丢给了他妈妈养。开始大家都很难理解，老大怎么买了个这玩意儿，吃得又多，又这么危险。而且他妈妈，一个寡妇，一个平常鸡蛋都不舍得吃、要攒起来卖的山民，现在却要每天替他喂养这么一个大家伙。

我们村还是很穷的，平常我都不太好意思拿馒头喂狗，太露富了——我们村的狗，只能吃麸子，奢华一点儿，也不过是残羹剩饭。但现在这个邻居家的大儿子，为了养好这只藏獒，每个礼拜都买一堆肉，嘱咐他妈妈用来喂狗。挺荒唐的，而且很讨厌，自从有了这头猛兽，我都不敢从她家门前走了，每次路过，它都会冲我叫嚣，在笼子里横冲直撞，地动山摇。

这太吓人了，洪水猛兽扑面而来时，确实是很震慑人心的。虽然知道它是关着的，但还是会恐惧，总觉得那个笼子太单薄，细铁棍焊接的门太脆弱了，就像再厚的玻璃，恐高症患者踩在上面，也会怀疑它的承重力。而且这个家伙，叫声混沌，感觉随时都能撞破笼子出来，把我这一身小脆骨撕碎。

大多数时候我们都很自大，只有在某些令我们感到毫无抵抗力的对手面前，才意识到自己的脆弱。

我想起之前看过的一个视频，山民将刚刚捉住的狼关在笼子里。不是特效，也不是替身，是真真切切的"狼"，手机拍摄得很清楚，就在咫尺之间。

第一次近距离看到"狼"，才意识到，之前电影里看过的"狼"，都不是真正的狼。那些特效和替身，太像宠物了，只会龇牙咧嘴、虚张声势。而真正的狼，是有死神气场的，只要它一出现，你就能预见被它撕碎、咬食的整个过程。

它太锋利了，身形敏捷，速度又快。跟狼搏斗，相当于跟两把闪着寒芒的尖锐钢刀对打（只有狮、虎、藏獒这种斧头，才能跟尖刀抗衡，人类这种豆腐之躯，可想而知了），完全是螳臂当车，每一拳都是击在刀刃上。

如果这样你感受不来，可以想象下，徒手对付一台绞肉机是一种怎样的无力。

这只藏獒有个永远都喊不破的喉咙，简直是铁肺，每天都在狂吠，叫累了喝点水，喝完继续叫，一有风吹草动情绪就很不稳定。有时候我就想，它是不是被关得太压抑，得了躁郁症，它的精神世界应该早就扭曲了吧。

说起来挺荒唐的，这个长安大学的小保安，之所以心血来潮买了这么一只扰民、烧钱、精神错乱的宠物，仅仅是因为在他眼里，藏獒是有钱人才能耍的玩意儿，既能消费，满足短暂地成为有钱人的虚荣心，又能投资。但倒霉的是，他对潮流的认识总是有些迟缓，似乎永远都无法看清潮流的轨迹，更无法察觉在他春风得意、以为稳赚的一刻，早已是藏獒流行最后的尘烟了。他还是格局太小了，目光"短浅"，就像有天我们村老高在镇上买了个五块钱一串的金丝菩提来表达时尚感的时候，手串的潮流一定早就结束很多年了。

判断力的敏锐度，始终是由认知的宽度决定的。

这只藏獒在山上关了一年半后，终于把老大拖垮了。老大经济支撑不住，把它按斤卖了。如今牢笼已空，猛兽已成炖肉。

据说卖了六百块钱，就在去年，冬天。

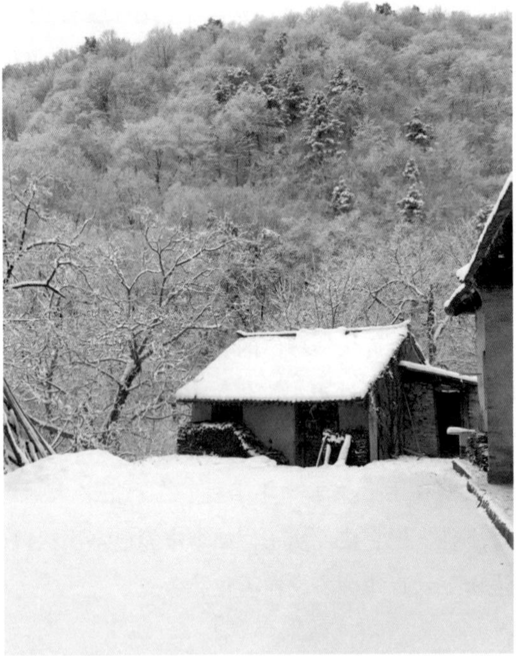

家大业大

1

发小鹏鹏买了辆国产车,山寨丰田霸道的。我们几个都觉得没必要,太烧油了,一点儿都不实用,同样价格可选择的那么多,实在不该买这个。但鹏鹏可不这么想,从小被我们几个欺负的小个子,开着这辆山寨霸道在拥挤逼仄的村道上蚁行时,有开坦克的气势。

我看过一张霸道车友会和MINI车友会的对比图,图片上开霸道的都是五六十岁的土味老头子,开MINI的都是三十多岁的傲娇小姐姐。霸道和MINI,代表了他们各自对自己的期待,他希望自己看起来霸道有力,她希望自己MINI"卡哇伊"。

形式化的审美都不是凭空来的,就像农村人对"大"的追求,只不过是自上而下的效仿。我曾去陕西民俗博物院游玩,花了一百二十块钱的门票去看里面的建筑,最直接的感受,就是古人太喜欢"大"了。门要大,门楼更大,三进三出的院子,每一家都像个小型宫殿,暂不说精致的雕梁画栋,就是院子里由一块块吨吨大重的巨石铺就的路面,铺完都得小半年。太厉害了，百年大计，皆是虚荣在推动着前行。

我曾想，权力的源头是什么，就是一个身高两米的敏捷壮汉，对决一个一米五的"瘦矮矬"。那种自信和安全感，应该就是权力之于人最根本的价值，接下来才是女人和粮食。所以一个平民才会在生活过程中，把一切所得财富用来武装自己的形象，而高大的门楼和私宅则是力量最直接的延伸。因此，从帝王到平民，才有了宽窄、大小的规矩限制：以外延力量划分等级秩序。

到了当代，虽然没有了那种不可逾越的制度性阶级，这个秩序却依然根植于每个人心里。就像我们老家农村的建筑，每家每户都是楼房，几百个平方米，十几间房，但里面空空荡荡，一点儿像样的家当也没有，像个体育场。

而城里人对豪宅别墅的需求，也是权力意识的体现，区别只是农村人对浮夸虚荣毫不掩饰，都写在脸上。像我山里租的这家院子，房子就盖得很霸权，门楼比隔壁家高一倍，房子也比隔壁高半米。更欺负人的是，自己家的院墙直接圈到了隔壁家窗户下面。这就像两株并生的植物，一株又高又壮，所有的养分和阳光都要霸占，以至于另一株看起来营养不良，活得非常艰难。

后来听村里人聊起才知道，我租房的这家房东，早年是村里的干部。

只是我不喜欢大，很不喜欢，我厌倦大了。

山 静 日 长

刚上山时我只有一个院子，三间房，就是这家比隔壁高出一截的房子。后来条件成熟了，就把一墙之隔、被挤对的那家院子，也一块租了下来。本来我是不需要隔壁这个院子的，只是出于居住环境的独立性考虑，才下定决心，要了这两个院子。因为这两家的宅子，房贴着房，院墙挨着院墙，基本上是把一个圆形的地基，一家一半给分割了。也就是说，如果我不连带把隔壁这家院子租下来，我的院子所有权，在这个区域里，就只能是个半圆，很难受，也很难看。而更令我不安的，就是总担心着，哪天真有人租了去，跟我做邻居，那实在太讨厌了。

所以我当时的规划特别好，六间房，新租的这三间采光好一些，就收拾出来住，厨房也挪到这边；最初的那三间，就留着做客厅、工作室。但只过半年，我就发现问题了：六间房，两个院子，我一个人根本住不完；而我又是宅男，日常活动范围特别小，即便只有三间房，打理起来都嫌麻烦，更何况现在是六间，大扫除一次，感觉都得花上一整天。而我又是一个爱干净的懒汉，很有压迫感。

我妈不会收拾房间，导致我现在也不太会收拾屋子，每次打扫卫生，都不知道该从哪儿下手。可是我又爱整洁，不喜欢混乱，所以就扔东西，可有可无的都按可无处理了。我经常烧东西，衣服、床单、旧门板，不喜欢的都给烧了，万物皆可烧。而且烧东西本身就很痛快，物欲之火，一会儿就烧完了，很舒坦。

但动物养太多了，就不太好办。开始我只有一只鹅，晚上在院子里守着，有个动静能提前叫两声，当个门铃。后来想着，在山里住，狗肯定是标配，就有了土豆。然后是郑佳、皮皮。后来又觉得一只鹅太孤单，便买了两只小鹅给它做伴。买鹅时想着要吃鸡蛋，肯定要先有鸡，就一并买了五只鸡。

而老鼠欺人太甚，也是不能容忍的，所以猫也得养。这样一来，加上我，就有十三口了。然而，到了去年，我赶集买菜苗，看到有人卖小鸭子，一小筐鸭子，奶声奶气，甚是可爱，就又买了两只鸭子。十五口，这十五口，每天都是要吃喝拉撒的，而且一大早就都开始喊叫，叽叽嘎嘎，好生喧闹。我有时想，这里完全可以挂牌"秦岭动物园·家禽和家畜馆"了，我是馆长。

更让人惆怅的是，未来可能还会有媳妇，而据说照顾一个媳妇所花的心力，相当于照顾三条狗、七只鹅、一群鸭子和一个养鸡场。所以有时看着我的鸡鹅鸭狗猫，心想：要是都能吃草就好了，吃土更好。

院子大了，种的菜也多，虽然我吃不了多少，但总想两个院子都能种满。可能我不太喜欢草坪石子那种南方园艺的气息，和南方绘画一样甜腻，有种做作的文人气质。我觉得长满果蔬的院子——黄瓜、玉米、西红柿，更接近我喜欢的园林绿植，好看又能吃。再不然就是荒草丛生，很懒很凌乱。

两个大院，六间房，十五口，这里面除了照看打理，还有斗争怄气。鸡鹅狗猫很生动，但拉屎吃菜会让你很生气。生动

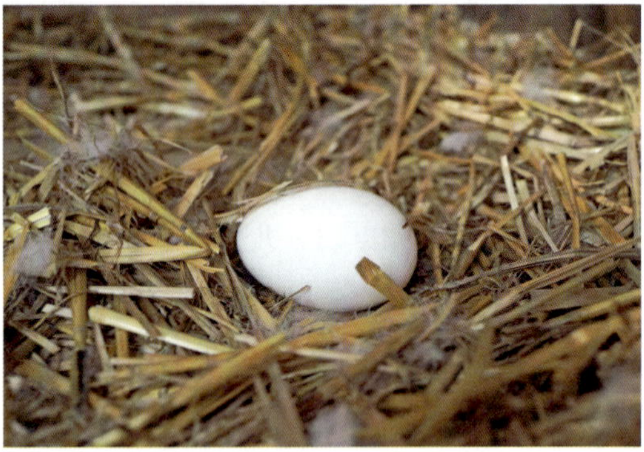

和生气之间，我只好选择隔离，所以种菜的季节，我还得把它们圈起来，不然一个春天的劳动，一夜之间可能就都没了。而种菜，也不是栽上苗就不管了的。

所以每当有人问我"你一个人每天在山上都干吗，不无聊吗"时，我就会失语，我总不能跟他说我在买狗粮、取狗粮、搭狗窝，夏天除虫、冬天防冷，喂鹅、赶鹅、捡鹅蛋，拾鸭蛋、给鸭子洗澡、换水，垒鸡窝、追鸡、喂粮食、取鸡蛋，给花浇水、盆景换盆、剪枝、塑形，翻地、浇菜、除草、搭架子、扎篱笆，扫地、劈柴、做饭、洗衣服、晒被子、收床单、换被罩、铺路、修水、换煤气……

2

有次我加了个卖盆景原桩的人的微信，他去山上挖树，回来放朋友圈卖。确实好看，而且隔三岔五，总有好的桩材让人有购买的冲动，但由于价格很高，每次我都忍下了。我对很多玩意儿都没什么兴趣，唯独盆景，总生占有欲。这种感觉实在不好，就像工资两千的姑娘逛商场，口红香水、品牌服装，每样都有占有欲，但每样她都买不起。所以那个人只在我朋友圈存活了一礼拜，就被我拉黑删除了。

爱和欲的界限，并不太好分辨，大多数时候，"爱"可能就是"欲"本身。

我有个朋友，痴爱盆景，有个盆景园，理想状态是三千棵树，但他的生存条件并不能轻松支撑理想愿景，因此照顾三千棵树，成了他的负担。那些庄园美景，基本都是资本的产物，就像油耗大的车。一个大院子，整洁又干净，只有两种可能，一种是有个勤快贤惠的家庭主妇打理，另一种是有钱人家花钱雇的工人整理。我这个朋友的尴尬就是，要照顾上千棵盆景，自己得少吃俭用。夏天每天浇水两三个小时，大盆浇透，小盆一天两次，之间还要除虫、配土、换盆、塑形，以及时常担心被人偷走。而且和我一样被捆绑的是，由于这些树需要照顾，他几乎每次下山心都不安，顶多两三天，就得匆匆赶回来。其实以他的环境，有二三十棵树来把玩会很享受，现在上千盆，反而被那些物给奴役了。但他院子里的树，每年却还在增加。

一个人的精力确实有限，而树太多了，即便他像劳工般地照顾，每年还是难免有疏忽。后来我才发现，他好像和我一样，实在无法抗拒"看到一棵好桩子，并挖回家的快感"，而对植物本身的爱，相对而言，似乎并没有"占有"它来得更浓烈。占有的满足感，超过了喜欢。但他是不认同的，他认为那种体验只不过是对盆景喜爱至极所致，并以张岱说过的"人无癖不可交"来说服自己。而我对此，是有所怀疑的，在我看来，张岱这话本身没错，只是要看那个癖是"趣"还是"欲"，无趣确实不可交，如果是"欲"呢？我觉得还是远离为好。这位朋友很有才学，可以说亦师亦友，却唯独这些盆景是他的瓶颈。

山 静 日 长

我觉得如果有天他能突然做了个决断，把那些压迫着他的树全部种回山里，只留十几盆陪伴，离道化也就不远了。

我觉得清苦和清贫的"清"，除了在词语上是对苦和贫的形容外，还应该是在表达一种状态。物质寒贫的人，更容易接近"清"，所以苦行僧和隐士都追求极简。物欲太消耗精力了，断舍离的原因就是物欲影响了真正核心的需求。所以我想好了，这本书写完，我就把两只鹅送人，幼婷和鸭子我留着，建国留着，其他鸡送朋友，然后让我妹妹把皮皮带走。

如要再断，就只留我，一间房，一只鹅，和一只狗。

剥蒜记

新蒜，大概是最能让人体会"剥"之快感的东西了，从蒜头根部撕开一个口，往下一翻，玉质的蒜瓣就露出来了。

老蒜就不行，蒜皮的黏液就像风干了的胶水，抠起来特别费劲，几颗下来，指尖生疼。所以我妈以前就教我，剥老蒜时，要提前在水里泡一会儿，想来就是因为蒜皮上的黏液经过水的渗透，就像瓷器表面泡了水的商标，一抹就掉了。

不过每次我都觉得，泡蒜会打乱做饭的节奏，因为每次需要用蒜时都是炒菜正在进行时，菜都切好，油也倒上了，而蒜还在水里泡着。所以我就学了另外一招——拍蒜。

"拍"和"剥"还是有区别的。"剥"的快感有点儿像快刀切豆腐、湿土拔萝卜，从发力到结束，都伴随着一种绵软销魂的成就感，那种只有驾驭才能带来的快乐，由手指到大脑，都能体会到。

而"拍"，更多的在于破坏，在于完整物体被自己轻描淡写、一击即碎的自满，和力量崇拜有关。动作电影的美感就在杀戮与破坏的宣泄上，因为现实世界里，杀戮和破坏是有道德

障碍的,而电影在呈现暴力宣泄之前,就将道德障碍和视觉的不适感给消解掉了。比如一个武林高手的复仇,恶人会被脸谱化,罪大恶极,长得又丑(长得丑很重要);武林高手会被悲悯化,善良隐忍却总是被残酷伤害,被恶人夺妻杀儿、一再羞辱,最后忍无可忍,单刀赴会,正义对邪恶,一人对众鬼。这个时候的杀戮,就避开了道德障碍,在每个人内心都被允许。于是胳膊横飞、尸横遍野的画面里,坏人的哀号,听起来都像英雄出场的背景音乐——个人英雄主义和暴力美学并存,手起刀落,酣畅淋漓。

但拍蒜就不存在什么道德障碍,直接出刀。而且声音很重要,好比对战游戏,如果静音,基本就快感全无(静音的游戏里,刀砍在怪兽身上就像挠痒痒)。所以,旋转刀面,侧击案板的同时,最好再有点音乐的渲染,节奏把握好,一颗一颗拍——"啪",或者两颗连着拍——"啪啪"。三颗连拍就不行。

拍蒜比剥蒜快,是因为拍蒜将剥皮和切碎两步合并成一步了。剥蒜是先将蒜瓣完整剥出来,放到碗里洗一遍,再放到案板上切碎。拍蒜的话,一刀下去,蒜瓣就会炸裂开来,蒜皮也会在挤压过程中与蒜瓣自然分离,这时候只需将蒜皮拿掉,就可以爆炒了。只不过拍蒜的弊端是,每次刀面都会粘上很大一块挤压残留的胶质物,需要及时清洗。

新蒜比老蒜辣,是因为老蒜在存放过程中,蒜汁的辛辣成分挥发掉了。"辣"字由"辛"和"束"构成,辛,本义"荆楚棘刺"，就是一种带刺的灌木；束，捆住。辣，就是和带刺的灌木条捆绑在一块的感觉，听起来很疼，有点无助感。但现在很多人喜欢辣，越辣越欲罢不能，不辣还吃不下呢，有点受虐。

不过，据说辣椒是明末才传入中国的，所以明以前的中国人说到辣的时候，指的基本上是辛辣，葱姜蒜、生萝卜之类的，明末以后的辣才有辣椒的味道。

辛辣和燥辣，口感上也大不相同。辣椒的辣是吞火球，由嘴巴吞进，滚入胃里继续燃烧，是有明火的；大蒜的辣是吞火线，从喉颈、胸口到胃，会有一条很清晰的线状炭，食道是被炙烤着的，有种炭烧感。

这几天吃槐花饭，每次都要捣点蒜泥。前天早上就有个失误，剥了几颗新蒜，把我辣得，一上午都觉得胸口有根电炉丝，滋滋生红。

吃不完的蒜泥，放在碗里，过夜就会变绿，那绿色的物质就是蒜臭的来源吧。很有意思，很多苦的、腥臭的东西是黑色和绿色的：恐怖片里怪兽身上的黏液也大都是绿的；以苦为标志性特点的胆汁，也是绿色的。很少见蓝色或粉色液体是臭的，粉色的胆汁，听起来都想来一杯。

蒜臭持续深远，刷牙都没用，牙也会很反感：这个锅我不背。吃完蒜的口臭，是从胃里散发出来的，牙是受害者，嘴巴也很委屈。很多人吃完蒜企图吃个口香糖掩盖，这种行为实在有点欺负嘴，因为最后口香糖嚼完，一呼气，还是蒜味，只是多了点柠檬的混香。

大蒜的种植最简单，抠一瓣发芽的蒜，埋土里，浇点儿水，几天就会吐叶子。更厉害的是，生长过程中，它还会自我复制，几个月后再挖出来，又成一大颗了。

很多年轻人喜欢在阳台种绿植，但后来花盆都被妈妈们拿来种蒜了。这更高级，大蒜和水仙，本身就容易让人区分不开，就像有人拿花盆种红薯，长得比绿萝还茂密；生姜开的花，比风信子还要惊艳。更重要的是，在屋里种花草的乐趣，就是照顾带来的，浇水施肥，松土晒太阳，而种什么已经不重要了。所谓生命力，其实就是钢筋水泥的空间里，一点儿水汽，一抹绿。

时间从我的身体里流走，就像忘了关的自来水

二月过完，虽然有个别不怕冷的植物已经苏醒，气温给人感觉还是在过冬似的，反正对我来说5℃和-5℃一样，都得盖同样厚的被褥。还是动植物对季节的转换判断得更准确一些，比如春分一过，就开始有雾（之前是霜冻），而惊蛰，真的就有虫子开始活动。

有时候总觉得二十四节气不准了，其实是自己对节气不敏感了。所以，体感可以忽略，还是得看日历。

我常常叹息时间一年又一年，也很清楚有些人的观点，比如时间是很抽象的存在，主要是心态，或者再加一句"我觉得我就很年轻啊"。但我实在很难接受这种催眠，脸长得不好看的人才专注自己的腿，所以一般这么想的人都三十五岁以上了。

时间的确是虚的，但发生在我们身体上的变化是很具体的，只是时间用日期和年龄把具体的点分割、标注了出来，就像四季。所以虽说理论上能忽略时间，但岁月在身体上留下的痕迹却是实实在在的。比如我刚上山的时候胡子还没长这么快，现在三天不刮就很明显。

所以还是看年龄。

在我看来，人和麦子一样，都是一年生，小时候是麦苗，黄绿色的，和开春所有的叶芽一样可爱、娇嫩、柔软。然后春分一过，两个月就成秧，接着颜色就逐渐变深，叶茎变得坚硬；今年我三十二岁，算是四月底结麦粒的阶段吧？揉一揉嚼着吃，口感还可以。接下来一个月，麦穗就会变黄，麦粒也会变得越来越硬。等六月一过，麦秆干瘪得像那只老鸡的鸡爪时，不用镰刀割，自己就枯死了。

所以用花季雨季来比喻青春期，确实了不起，真是饱满、绚烂，又短暂。

时间从我的身体里流走，就像忘了关的自来水，太具体了，以至于我常常能够站在未来回望现在，这应该是我做很多选择时一个特别有效的习惯：在时间面前，什么都不绝对，唯有现在。所以这个三月，花开七天，我每天醒来都会闻一下，我想记住它。

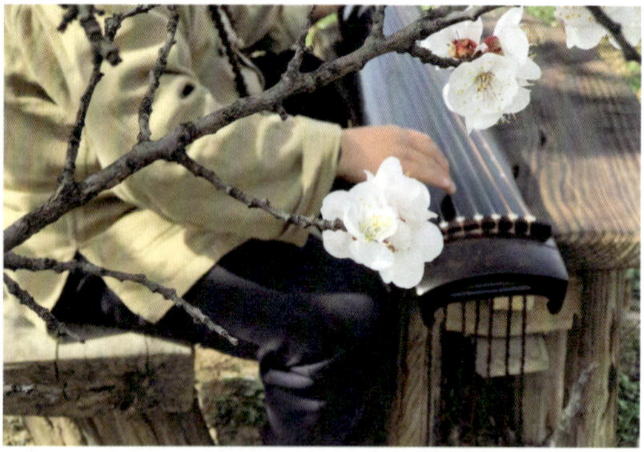

孤独是自觉的捷径

肯定是因为天太冷。

前些天我遇到一些瓶颈,觉得人生到了这个阶段,有些无聊了。正常来说,欲望是生活的驱动力,很多人的理想生活最后可能是和欲望有关的。但现在这个阶段我对什么都没绝对的兴趣,不缺吃穿,想吃什么都可以不用犹豫,也有车有房——虽然车是摩托车,房是租的房,但对我来说够用了——所以没有衣食住行的欲望;哪里都不想去,没有远行的欲望;没有感情的欲望,已经开花,只待结果;没有名利的欲望,也算体验过;没有求知欲,生之混沌,死之空无;对艺术不迷恋,大道我也没兴趣。没有"绝对"的兴趣,就没有绝对的动力,于是就变成一种可有可无的平庸状态,这样很不好。

我想也许是季节的问题。可能在城里暖和的空调间里感受不到季节对人的状态的影响,但我在山里的被窝里缩着,那种影响就很明显。季节里面真的有一种"场",是那种春生夏长、秋收冬藏的不可抗拒性。比如到了惊蛰,春雷萌动,虎豹狼虫都起来了,你怎么可能还睡得着?所以每年春暖花开时总是感

山居七年

觉很忙活，时不我待。比如大雪，真的就会和那些花一样，想绽放都打不开。有时工作就像开花，内心想打开，但手脚无力伸展，于是就会有点心浮气躁。

我发现人很容易受那种外在环境——人文和自然，两个大环境的影响。把一个人置身在一个春暖花开、万物复苏的情境里，和置身在一个天寒地冻、风雪交加的情境里，整个人的状态一定是不同的，季节或者说自然环境对人心境、心态的影响很显著。

还有一种环境，是那种时代的、人文的整体意识形态凝结而成的"场"，也会影响到每一个人。比方说某个时代特别注重气节，那么那个时代就会不断地涌现出很多有气节的人，并且其意志之坚定，一个比一个令人震撼；某个时代非常重情义，那么那个时代就会集体涌现出很多忠肝义胆的人。所以有时候想想，史书上听起来很戏剧性的故事，也许就是现实本身，士可杀不可辱，士为知己者死。

二十世纪八九十年代拍的武侠片，虽然粗粝、简陋，却有侠气。而现在特效呈现得更好，画质更清晰了，那种侠气却没那么明显了。这大概就是那个时代的场造就的，那种精神面貌现在这个时代没了，所以就拍不出来了。

直到刚才，我下山的时候，风雪交加，一步一滑，整座山就只有我一个人的脚印。只有我一个人在一片巨大的白色背景里时，突然有种存在的感动，那种什么都没意义的不安一下子就烟消云散了。

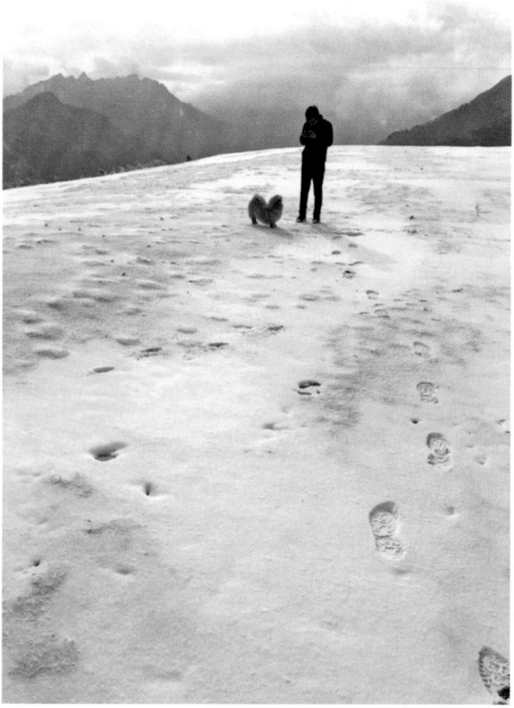

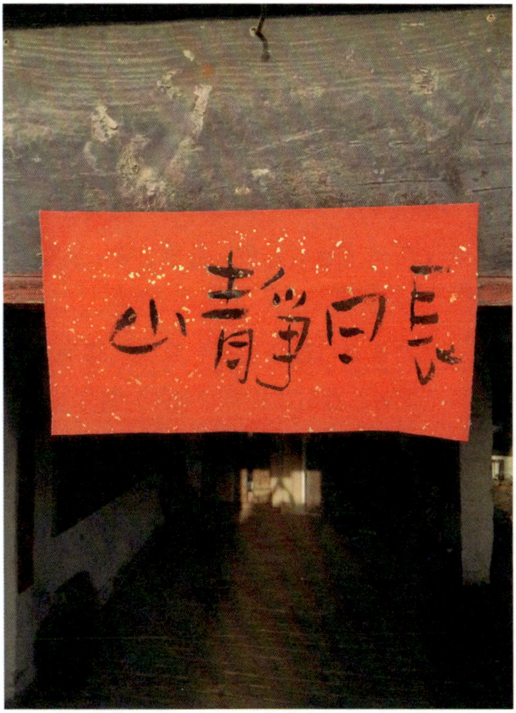
山静日長

无非是个仪式感

本来春节我是不打算回去的，而且也跟家人说好了。我爸我妈也觉得没必要，想着无非就是全家人一块儿聚个餐，平常每次回去也都一块儿聚个餐，没什么两样。但临近年底了，接到我妈电话，我又听出了她的矛盾，听得出来，还是想除夕夜我能在家。

我觉得她大概是被农村过年的那个氛围给感染了，又开始觉得，虽然同样是聚餐，总归跟平常聚餐不一样。

其实到底哪儿不一样，我也有点说不清了。元旦那天我醒得很早，躺在床上，突然就觉得有点儿冷清，很是失落，感觉辞旧迎新这种带点儿仪式感的节日，总是应该两个人一块儿过，要是再有个孩子，一个三角形的家庭就更好了。这种失落感来得莫名其妙，本来前一天和当天也没什么不同，但因为日期上的不同，好像真的就不一样了。

于是我突然就想到了一个很可怕的事情，就是说，假如未来有一天，我结婚了，也有了孩子，再久一点，孩子也长大结婚了，有了孙子，那个时候，逢年过节，我肯定也会像那些老年人一样，开始期盼着阖家团圆什么的，肯定也会可怜巴巴地想：这孩子怎么还不给我打个电话呢；说好的回来，怎么又变卦说不回了……然后一脸落寞的可怜样。

我从来想象不出始终独自一人的可怜，因为孤独很容易圆满，但我能想象得出，有了牵挂之后的可怜。

其实这就是一种习惯。就像老婆最终会变成老伴，是因为老伴比老婆更不可或缺。你看那些老人，是否相爱根本不是重点，重要的是他们彼此已经成了一个人，各自生活的正常运转是由他们两个人一起完成的，就像《环太平洋》里必须两人同步才能开的机械战甲。这个时候只要其中一个不在了，战甲就瘫痪了。家庭组合也是这么一个关系，就像动画片里那种合体机器人，男人、女人和孩子只是分担了这台机器的一部分，只要这个三角形里的任何一个突然不在了，那个机器人就坏了，成了废铁，成了一块残缺的、无法修复又总是怀念完整的废铁。

习惯成自然，斗榫合缝。所以大多数老人的孤独，都来自残缺的不安。

有个朋友问：怎么才能独立，是不是自己买个房就独立了？我说不是，那只是独立生活的能力，不是"独自生活"的能力。独立应该是一种状态，一种情感上没有缺失感的状态。你看同样是老人，那些禅僧就很圆融。所以元旦那天，我调整自己，把挂念先安放在那里，像以前一样把家里打扫一遍，点上香，打开音乐，然后切了点牛肉，开了瓶酒，一样很美好、很舒坦。

无非是个仪式感。

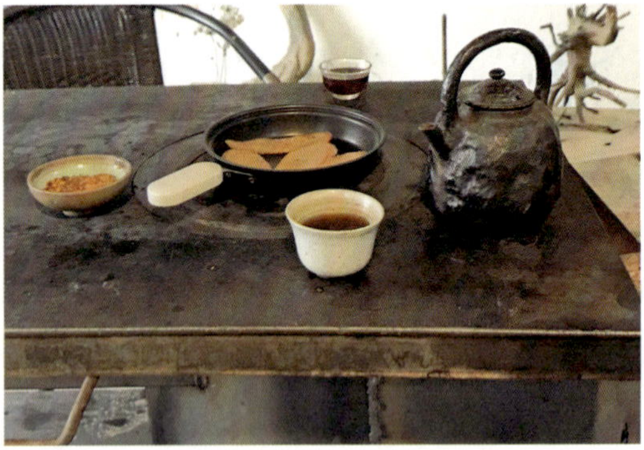

我喜欢孤僻、冰冷、透亮、清明，更多一些

记得有年春节回家，爸妈、哥嫂、妹妹，还有两个小侄女都在，平均每分钟都有人在讲话（而且还有电视声音伴奏），声音此起彼伏，像打地鼠，总有一个堵不住，一整天下来，脑袋都嗡嗡作响。我实在忍不了了，就一个人下楼到街上，转了一个多小时才舒缓下来。

那时候就觉得，街上太安静了。

于是我发现一个人对安静的感知都是相对的，就像夏天的知了，一直吵，叫声变成常态后，整个天空都是知了的叫声。这个时候，只要一部分知了稍微消停一会儿，叫声小一点儿，我就会满足于那种低频的安静。但是只有知了声突然全部停下来时，我才意识到，彻底的安静如此清明。

那是真正的安静。长期生活在人群中的个体，对安静的体会，大多只是关起门来，相对的低频，浑浊的无声。

其实大多数人的独处，也不是真正的独处。在人群里独处，就像是绑着绳索攀岩，内心难免有噪声。比如你有一间房，窗户外面就是山或者海，这个时候，即便关上窗户、拉上窗帘，

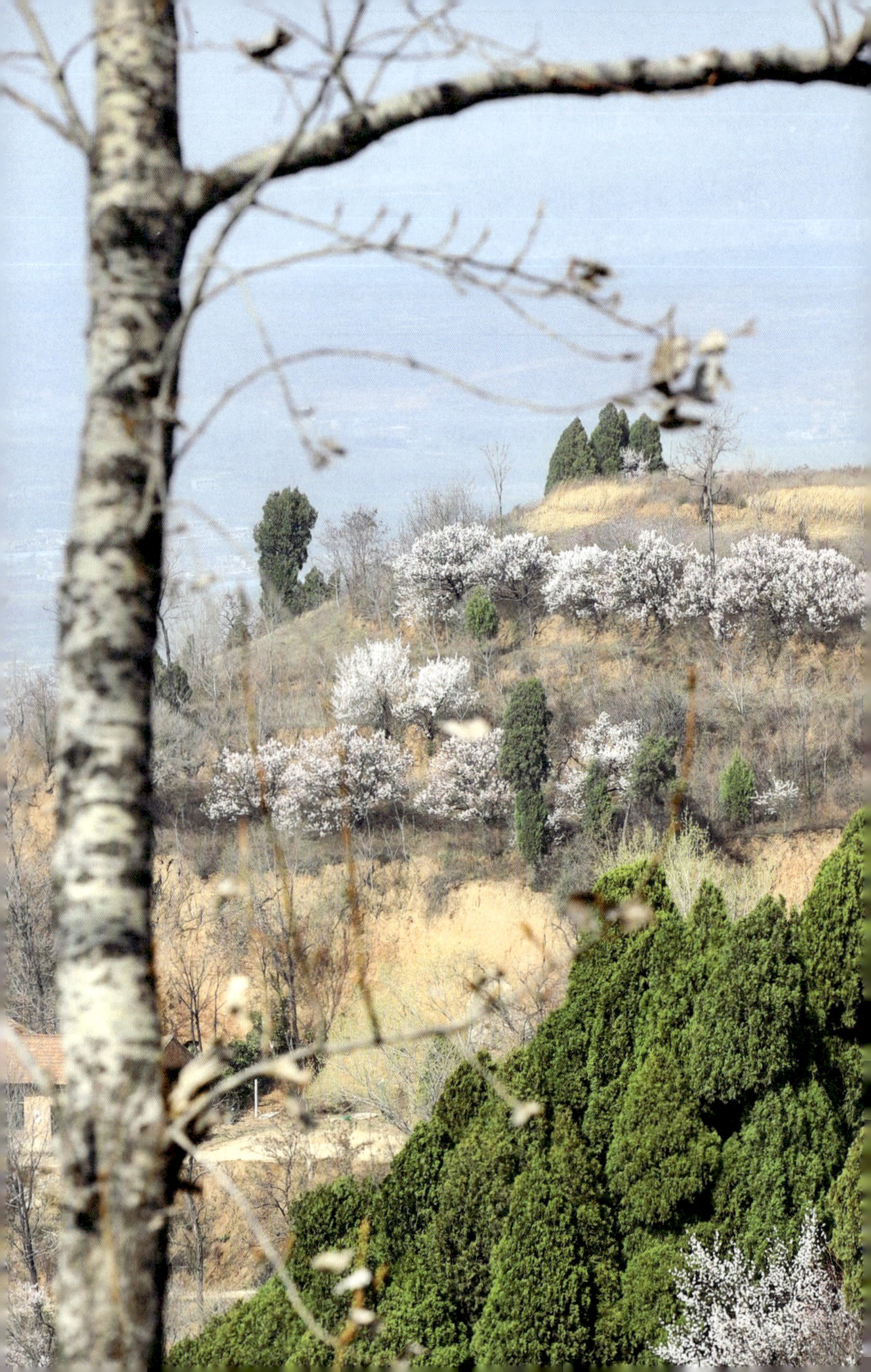

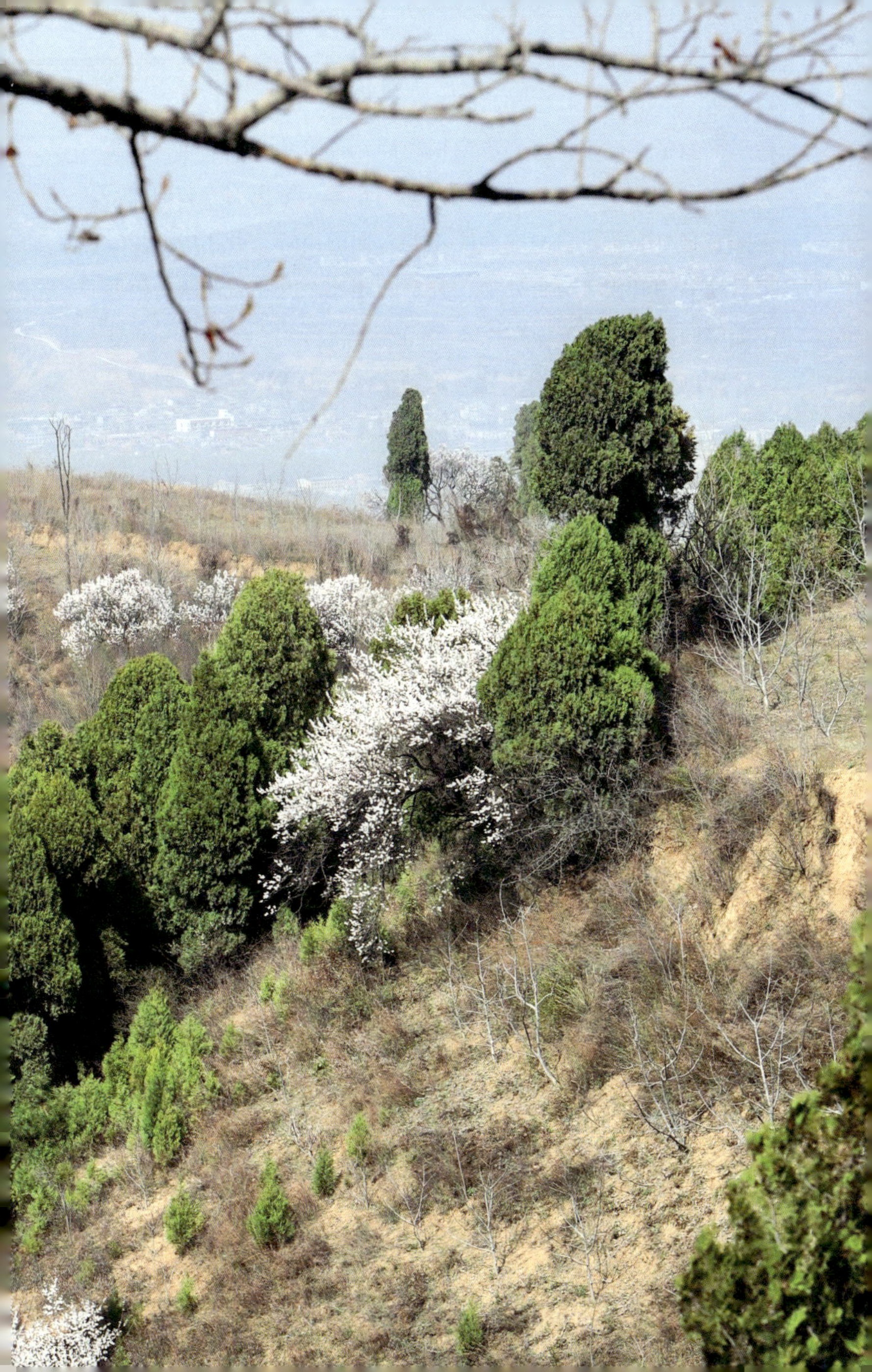

在里面发呆、读书，内心也会很平静。而如果这个房间在城里人最多的地方，打开窗户就是建筑、车流、密集的人，即使房子隔音很好，关了窗户完全听不到外面的声音，但在房间里发呆、读书的时候，与身处前一种空间相比，内心的开阔必然是不能等同的。

所以每隔一段时间我就会跑到更深的山里待几天，没有信号，没有电，也没有人烟。我觉得那才是孤独，是一个人独自面对自己时，能够反思存在本质的孤独，非常迷人。这种没有人，没有社交需求，也没有信息干扰的存在，可以彻底消解掉所有群居社会背景下，出于繁衍、生存、秩序等目的所制造的价值观，对于一个不甘于"混沌"的人特别重要。每次我从深山里回来，都有大扫除之后的清新盎然、炎炎夏日里洗完澡之后的纯净舒爽感，很上瘾。

现在稍微有点人烟我就会觉得不够安静，鸡鸣狗叫、邻火牧歌，人间气太重了。所以我想我以后很可能会搬到更深的山里去，一点儿人的痕迹都没有的那种，独处一个山头，一个人，一张桌子、一张床，不用喂鸡喂鹅，也不用种地、除草、浇水、打扫卫生。没信号，手机沦为手表，也不用回信息、刷微信，干干净净，只剩读书、写字、等天明。

当然不管房屋大小，前提一定是没有人烟，最好一点儿人的痕迹都没有，就像我对大海的期待：永远望不到尽头的水，和一叶孤舟。

山 静 日 长

真的很想一生，
都如出水莲花这般清

八月初回了老家一趟，回来有点悲观。大概是因为看到以前一起玩的几个朋友现在的生存状态。倒不是说不好，反而每个人看起来都很满足，在那个衣食住行、购物娱乐等俱全的小县城，各有各的位置，衣食无忧，过得都还不错。但就是这种"人到中年""安居乐业"的气场，让我觉得堵得慌。

在他们身上，感觉每个人都有一个一眼就能够看到头的人生。稳定的工作，基本会持续到退休；生了二胎，就等着看孩子上完小学上初中；年龄越来越大，日常生活的轨迹却不会在年复一年的时光里有任何变化。没有人会在意这样一直重复下去，很快就会耗尽一生。他们对未知，对更加广袤、深层的世界丝毫没有兴趣，只求在现有的环境里，平平淡淡，循规蹈矩。

倒不是说平淡不好，我也向往那种被消费、娱乐、家庭、工作充实着的平淡、小欢喜，那未尝不是一个人最好的幸福结局。毕竟婚姻、家庭、工作这种传统生活，是为人类繁衍、可持续的生存而设定的规则，可以说是正道。只是当真要我直面这种生活，又实在不甘。我总觉得，人一生的结局不该只限于这种平淡，除了平庸的平淡，还有超凡脱尘的平淡，那完全是两个不同广度的空间。

我发现身边的人，不管做什么的，处于什么阶层，收入多少，似乎每个人都不够踏实。他们居安思危，一直忙碌着，总想着挣更多的钱才能有更大的安全感，而且越是有钱，越缺乏安全感。似乎人生就是永远忙碌，麦收之后还没歇一会儿，就必须开始操心明年的收成，准备明年的种子。那是一种始终无法到达山顶，无法坐下来心无旁骛地享受风景的操劳感。

我太厌恶那种生活在当下，却总是为未来安全感忧虑的感受了。我最不爱听的就是有人说：不要孩子，你老了没人照顾怎么办？不买房，以后房价涨更高买不起了怎么办？不存钱，你生病了或者家里人出个什么事突然需要一大笔钱怎么办？

不怎么办，很简单，我就想过一天算一天，只考虑今年，顶多明年，不想被任何超出明年以外的、有关未来的忧虑所填满。

我还发现，每个人都多多少少有一个致命的软肋，被不同人或者事物给卡住。有人因为生活——工作、生意，有人因为感情——父母、孩子，总有一个东西，能拿住任何人。没有一个人会说，不论拿掉他的什么，他都不会感到恐慌。就像我爸，听说我哥生病，吓得面如死灰；工作受影响，吓得面如死灰。一旦自己最在乎的人和事出了变故，整个人就会像被掐住了咽喉、被尖刀抵住胸口一般恐慌，那都是超出他本人生命安危之外的伤害。这太让人不痛快了。

所以当我看到身边那些人的人生，我就越来越不愿意陷入这种境地，不想去工作，不想受制于人；不想结婚，不想徒增很多被动的忧虑、责任；不想要孩子，怕他以后不能圆满此生；不想考虑太多衣食住行长久的稳定，顺其自然；不想考虑未来，现在就很好。

我很欣赏有些人成年以后依然可以沉迷游戏，如果可以完全生活在随心所欲的虚拟世界里，也算是修成正果了。我觉得一个人，之所以能跳出世俗，拥有此生的自由，除了艺术、哲学上的追求，必须具备的能力就是善于逃避。和夫妻吵架选择沉默差不多，善于逃避是一个成年人面对现实压力时，所表现出来的最大的善意。因为世俗从来就是二选一，要么逃避，压根儿就不踏进那个被人和人裹挟着的浑浊里，要么你就在泥潭里，用一生的时间去过三关（家庭、工作、孩子），度此生，终其一生不得清明。

越来越发现，我还是比较向往禅僧，无牵无挂，无畏无执，没有任何感情、名利、物欲能拿得住，不带任何责任、畏惧、忧虑、执念地活着。我只想在广袤璀璨的星河里享受生的鲜活，独自飞，游走。

真的很想一生都如出水莲花这般清，虽然现在做不到，但就目前来看，那种状态至少会一直纠正、指引着这一生。

起码有此夙愿。

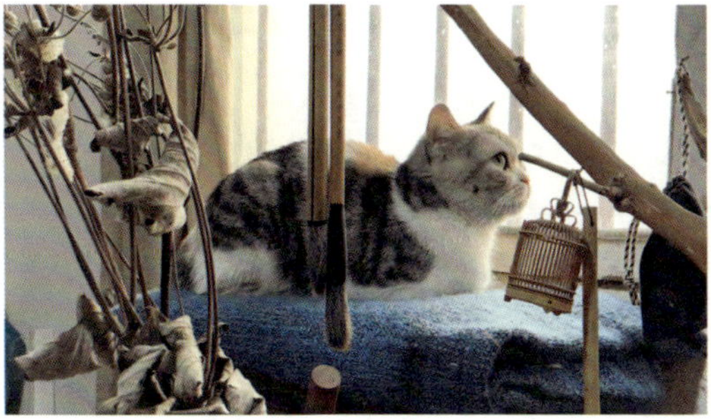

终南山里有神仙

刚有一只猴子穿着不合身的
衣服从门口路过讨水喝

临走的时候,
他问我,
这山里可有神仙吗?

隐士

他沿着
黑白之间
交界的
夹缝
飞
游走

这对情侣,坐看云起

终南山，

像个樵夫

求道不如求仙

记得有次徐忠平先生聊天时感慨，说我在山上的生活，就是他想要的人生，但奈何什么什么（就是一些现实的被动），只能什么什么。最后他有个总结很好，他说："一生都在求道，到头来发现，还是求仙更智慧。"当然，他说的"道"，并非哲学层面的"道"，而是指求知或者求学，对功名利禄之类的追求；仙，指的是追求的结果，就是知足、踏实，可以淡泊。活在当下了，就逍遥快活似神仙。

有个不恰当的类比，就是那个渔夫和富翁的故事。看到渔夫在海边睡觉晒太阳，富翁说："你怎么不勤快点去打鱼呢，打鱼可以多赚点钱，多赚点钱可以买艘更大的渔船，买艘更大的渔船就可以打更多的鱼，打更多的鱼就可以开工厂，然后就可以什么都不用干，在这里悠闲晒太阳了。"渔夫的回答大家都知道：我现在不就是什么都不用干，悠闲地晒着太阳吗？

当然，逻辑有效不见得道理一定就是对的。说不恰当，就是因为毕竟渔夫是个素人（或且当素人来论），素人不勤那是懒，诗人不争才是仙。这是本质的不同，还是那个返璞归真里"返"和"归"的关系。

有时候觉得，不管是功名利禄，还是求道求知，人生总想赋予某些价值的设定，确实像个阴谋，真不如鱼虫鸟兽、花草阳光雨露和水，一起并行于这个时间和空间里更有意义。看过一段文字，说猫狗之所以不会感到虚无，是因为在它们的生命里，时间和空间只是和它们的当下并行的两条线，它们的眼睛和生活都只关注着中间被称为"当下"的那条线，从来不看左右两边并行的"时间"与"空间"。

吃饭就是吃饭，本身就是终点。

每年过了霜降，山上村民都会晒柿饼，就是把刚红还没有软的柿子摘下来，一个个把皮削掉，然后扎成一串串，挂在门檐下边晒干。有天一早我下山，下去的时候，看到邻居家农妇坐着小板凳，低着头，削柿子皮。过了几个小时，中午回来路过她家，看到她还是低着头在削柿子皮，和早上同样的动作，同样的状态。不同的是，身边柿子皮堆满了一地，门前串好的柿子挂了很多串。中午吃完饭，我又下山了一趟，路过她家，她还是持续重复着早上的动作。到了下午五六点，我再次路过她家时，门前的柿饼就已经挂满了，星布棋罗，火红一片。

这对我很有触动，整整一天，那个人就像一个点了循环播放的动态图，一直都在低着头削柿皮，无限重复着一个动作，只有挂在门前的柿饼越来越多。

这太厉害了，每年我也想晒柿饼，但削皮的过程太乏味了，像流水线。削上十几个我就觉得浪费时间，除非放点音乐，或者听着小说还能坚持得久一点。但那些农妇、老太太，对于削

山居七年

皮这件事，一天重复一万次都不会懈怠。于是我突然就明白，为什么农村山里、偏远地区的老人容易长寿了，就是因为他们的生活里没有时间与空间，只有眼前。

像喜鹊筑巢，那么大一个窝，每次叼一枝，每天都在重复这件事。它们的世界里，时间和空间是并行的，只有当下和眼前，所以每一天都像是第一天，每一枝都是第一枝。我的小侄女看《小猪佩奇》，同一集看过不下两百次，每一次都会为同一个梗发笑。直到有一天她长大了，心里装满了对这个世界各种各样的认知，那个梗的快乐才停止。遗世独立的山民便是如此，长寿并非心宽或偶然，而是空洞、简单。只有简单，才能不急不躁，如此缓慢。

吃饭就是吃饭，说白了就是心无旁念，这对于本就懵懂的孩子、纯朴的山民而言，没任何难度，"本就无一物"嘛。但这对于我们这些受过教育的人——有着广阔的世界观、清晰的过去和未来，站在无限的时间与空间的夹缝里，企图穷神知化，还要追求功名利禄、人生价值、存在意义——来说，吃饭的时候只是吃饭，相当于让一个人忘掉自己的已知，这确实太难了。

正如知识层面，大多数人都很清楚"道"的终点是什么，比如返璞归真，比如天人合一，比如吃饭就是吃饭，理解起来都不难，只是做不到。但有些人不一样，他返璞归真，他天人合一；他吃饭的时候就只是吃饭；睁眼只有眼前，闭眼空无一物；不忧虑，也从不失眠；求道一生，都不如他酣然一梦。

遗风遗民

1

永琴是我的邻居,一个大概六十岁的老太太。说大概,是因为好像没人说得清永琴到底多大岁数,包括她自己。刚来的时候我问过永琴多大了,永琴伸出三个手指头眯着眼笑着说:"五十。"那个时候我真就认为她五十了。四年后再问她多大了,她还是伸出三个手指头笑眯眯地说:"五十。"

后来我才知道,永琴是没有时间概念的。

在永琴的概念里,不但没有时间,还没有数字。你若问她有几只羊,她便会伸出三个手指头说"三只"(其实刚上来那年她有五只羊);你问她有几只鸡,她会继续伸出三个手指头说"三只"(第一年我买了九只小鸡,分了她四只)。不过偶尔也会有惊喜,比如你问她二冬家有几只鹅,她就能答对。

我的确是有三只鹅。

除了没有时间概念、数字概念,永琴也没有长短和粗细的概念。有次她说在后山碰到了一条蛇,我问:"多大的蛇?"永琴纵向伸出两只手,弯曲掌心,在空气中比画出一只水桶直径的圆,说:"这么粗——"我问:"有多长?"然后永琴把弯曲的掌心伸直,依旧是刚才那个圆说:"这么长——"

后来我就什么都不问了。

永琴家也是三间瓦房,只不过和我的三间瓦房不同的是,三间大房的边上还有一个小小的土灶房,永琴就住在那个小小的灶房里。刚上来的时候,我和永琴不熟,每次路过那个黑洞洞的小屋,就会觉得有点瘆得慌。那段时间又刚好在其他邻居那里听了些老太太的传说,说永琴有段时间喜欢老龚,一天夜里,老龚正在睡梦中,永琴就偷偷翻到老龚家里,坐到老龚床边,在映着月光的黑夜里,静静地抚摩着老龚的头……

作为一个新来的、不熟悉的邻居,我的出现显然让她警惕。她看我的那种眼神飘忽不定,暗藏着对一个陌生人本能的戒备与好奇,这个久居深山小黑屋的孤寡老太太因此又增添了几分诡异的色彩。

作为新邻居,开始永琴也会经常找个理由到我屋串门。有时候送把香椿芽,有时候借个锄头。那个时候我院子的墙没有修,有好几个缺口,永琴就经常绕开大门,从那些缺口处跨墙而过。农村人,本来就没有进门打招呼的习惯,这也罢,可怕的是永琴走路没声音,好几次我正在屋里做饭,一转身,一个枯干的老太太捧着一把青菜冲着我。

深山老林的,太虐心了,然后我就赶紧找工人把墙给修好了。说真的,最初决定收拾这个院墙,完全是为了挡永琴的。

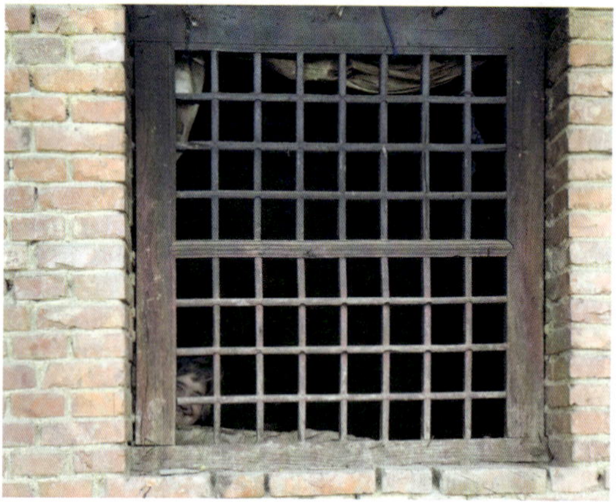

一日下山，我想到手机里有几张永琴的照片，就去打印店选了两张打印出来送给她。我拿着照片给她，问："你看这是谁？"永琴看了看说："不知道。"我以为她是没看清，就把照片拿得更近，问："眼睛看得见不？"永琴说："看得见。"我诧异："那你看不出来这是谁?!"永琴就只好又看了看照片，摇摇头，说："看不出来……"这一下我又被"蜇"到了，突然意识到，她应该是真的不知道自己长什么样。

她没有手机，也没有镜子，就在这座山上，她哪有机会知道自己长什么样。

2

跟我接触得久了，永琴就放下了戒备心，渐渐完全把自己展开。我对她的了解也更多了一些。

永琴不像其他邻居那样会过日子，她粗枝大叶、笨手笨脚，她种的菜从来活不了几棵（每年都种，每年都颗粒无收，后来我发现，她只是为了种，对收获并没有绝对的需求），种的粮食也都看起来营养不良。不过永琴很勤快，似乎从来都没见她老老实实待着过，劈柴挑水，总是会给自己找点事做。不像我，天天躺在懒人椅上，眼睛都不想睁。

实在没什么可以忙活的时候，永琴就会下山走动，偶尔会在环山公路的绿化带偷点儿花，或者在路过山民家的菜园子时顺点儿菜，每次总不能空手回。刚开始她经常给我送菜，我还会好奇她是在哪儿摘的，后来知道了就厉声怒拒不要了（婉拒是没用的）。其实我本来也没要过。她摘菜从来都是一把揪，比如拔葱，我们拔的，一般是葱白带着土，每一根都尽量保证它的完整性，而永琴拔回来的就永远都是一把参差不齐的烂叶子。

作为我们村有名的"飞毛腿"，这座山，永琴应该是走遍了，以至于你随时可能在这座山的任何地方碰到她。有时候会觉得很奇怪，你下山时碰到她了，到了环山路又碰到她，回来时又在另一个地方碰到了她。这让人感到诧异，她是有分身还是会瞬移？

除了"飞毛腿"，村里的其他老太太还给永琴起了一个带有嘲讽意味的外号：连长。为什么叫连长，我没问过，但大概也能猜到，应该是和永琴的热心肠有关。在这个村子里，谁家有事，永琴都会去帮忙，铡草喂牛、割麦子、剥玉米，帮着一块儿干。有时候还会给庙里尼姑送野菜，给山下儿子送核桃，村里红事白事的，都能看到她忙活打杂。

所以永琴的生活每天都安排得满满的。开始我也觉得这个老太太操劳忙碌还被人嘲弄真是活该，很多事本都不必去做的，就像翻地，粮食都不种了，还要把地翻一遍，实在令人费解。但后来我才意识到，她其实也清楚并不需要翻地，也不想翻地，只是不翻地就没事可做，没事可做就只能干坐着，太心慌了。

前段时间，我有次下山回来的时候比较晚，九十点了，路

终南山里有神仙

过永琴门口，很好奇她在干吗，就朝她屋里看了一眼。只见昏黄的灯光下，永琴坐在炕头小板凳上，手托着下巴，眼睛看着墙，保持雕塑的姿势，一动不动、一言不发地坐着。秋末的山里，夜色如漆，这个孤独的老太太就在这间没有任何声音的小黑屋里，坐在小板凳上，手托下巴坐着，等困意，等天亮。

等天亮就可以变身，连长也好，飞毛腿也好。

3

每年农忙季节，永琴就会去给人家干活，我们队每家的劳动几乎都有她参与，一天到晚，忙到腿疼脚软。我曾几次劝阻她，别人家的活，不要去忙活，你天天帮别人，你收粮食时，也没见有谁帮你。但永琴不听，一到农忙季，依旧出现在各家地里，起早贪黑。

平常她给人帮忙，我只是觉得她闲不住，找点事做而已。但农忙季的活，对每个人来说，都不是那么轻松的。并且那些村民，在永琴给他们帮忙后，不但毫无谢意，还拿"连长"这个极具嘲讽意味的外号来调侃她。

对此，我不止一次劝阻过，希望她不要再去犯傻，累死累活的还被人嫌弃。但永琴总是笑嘻嘻地说："乡里乡党，不给帮忙，不好看。""不好看"，就像永琴即便不种地，也要把土翻一遍，把草除净，因为在她的记忆里，作为一个农民，地里

终南山里有神仙

长满了草，不除掉就是懒，就会被人嘲笑。

于是我突然就懂了，她给人帮忙的心理，原来是来自一个农民五十年前生产队、大锅饭的记忆。那个时候的农村是个集体，每家有什么活都是相互帮忙的，我家盖房子，你来搬砖，你家盖房子，我就会过去和泥，一来一往，共同劳作。

即便公社不存在了，农村家族式集体劳作的习惯也没有断，小时候我家收粮食，都是我太爷爷那一脉的分支相互帮忙完成的。直到近三十年，很多农民放弃土地，选择进城打工挣钱后，互相帮衬的集体劳作习惯才慢慢淡化。到了今天，土地被边缘化，根植于乡土的道德法则、宗族伦理，在城市化经验中失效后，又重新回到各自为营的自我领地。

没有哪个农民还在乎地长荒了会不会被人笑话，"差序格局"的伦理关系还在，只不过由土地转到了生意上，于是每个农民都紧跟时代的步伐，从集体回到自身。只有"连长"永琴，所有的观念，还延续着她五十年前的习惯，这个来自桃花源的遗民，像一根针，矗立在新时代的旧山村。

4

刚开始我以为永琴的脑子不好使是生理上的，后来发现她挺正常的。老孟说，其实就是"愚"。智力不够，又没受过教育，完全在极其狭隘单一的环境里成长，本身就规避了很多社会化经验对人的影响。

这样来看,永琴应该是比我们更接近孩童的人,她不会隐藏,很小的事情都可以让她很开心,说个谎你都能从她眼神里看出来,就像三五岁的小孩子撒谎一样明显。她很简单,喜怒哀乐全写在脸上。你想,一个连时间、数字、长短概念都没有的人,逻辑能复杂到哪里去呢?

正是因为这些,永琴在情绪上的表现都很直接。高兴就笑得像朵花,难过就哭,害怕就躲起来,生气了就发泄。村里谁要是欺负永琴了,永琴就会半夜趁人睡觉时把人家菜地里的菜拔掉,在麦田里踩几脚。当然永琴善良的那一面,也和她的其他个性一样直接,真挚单纯,溢于言表。

永琴这一生的活动范围大概最远能有三十公里,因为她讲过好几次,她去过西安。说早些年因为放羊回家早了,被家里人说了几句,就离家出走了,一直走到了远在三十公里外的南门,最后睡了几晚大街,捡破烂回来的。不过在南门,看了场特别热闹的庙会,永琴每次说到这个就很高兴。

我到现在还记得,刚住上来时永琴问我:"你们西安好,还是我们山上好?"当时有些奇怪,因为对我来说,终南山就是西安啊。骑摩托车半个多小时就到地铁口的地方,对于一个城市来说,不过就是城郊而已。但现在我就能理解了,在她的眼里,西安很遥远,是她所能到达的最远。

想起老龚讲他得意的一生:往南去过分水岭,往北去过西安，往东去过蓝田，往西去过户县。方圆五十公里的一生，在老龚眼里，基本是把世界都走遍了。很惭愧，对我来说，即便是耗尽一生用来行走，都不会有他那样的满足感。

5

有天晚上，永琴在外面坐着哭，呼天喊地，我赶紧穿上拖鞋，拿着手电出去。

原来是喂鸡的粮食没有了，永琴下山问孩子要，空手而归。永琴哭着说，鸡饿了一天，转来转去，没啥吃的，自己也吃不下饭。然后我就赶紧把屋里的麦子提过去给她倒了一大桶。这几天我也没什么给鸡喂的了，下午才从后坡邻居家背了一袋下来，八十斤。我给了一百块，还剩二十斤没拿，我本来跟邻居说好的，送永琴了，但下午永琴没在家，还没来得及告诉她，不然她就不用下山挨一顿骂了。

我劝她回屋的时候，看到她厨房里放着擀了一半的面，突然惭愧我对她的照顾还是不够，就跟她说，面别擀了，等会儿拿个大盆过来。然后我回去炒了个茄子，切了很多肉，煮了一锅很香的、够吃两顿的面，晚饭煮的粥也给她盛了满满一碗。

农村的事，还是挺麻烦的，很多时候连多照顾下她都不能如愿。就像有次我想着，永琴烧一次水，挺麻烦的，要用一大堆柴烧半天，就给她买了个电热水壶。但她还没用几天，就被

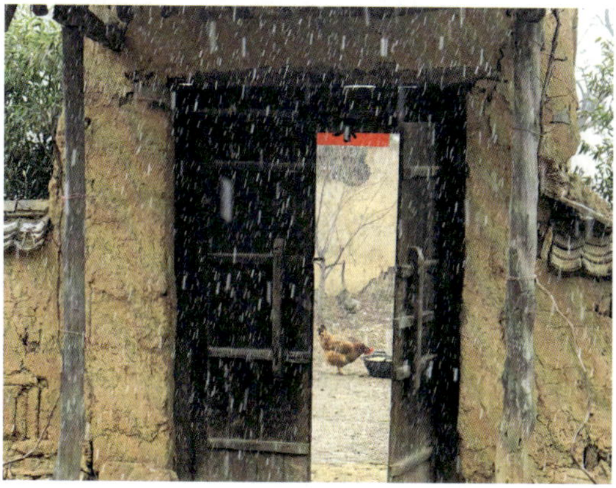

没收了,说是太费电;给她买了几只小鸡,还没开始下蛋,就有人已经想好怎么吃了。

虽说是你的邻居,但别人家的事儿,还是挺难帮着解决的。就像我们村有个人,大家都很讨厌他,但处事时又得敬着他,比如做工干活,即便他偷奸耍滑,主人也不能说出来或者辞掉他。就是因为他不但心眼很小,还会记仇。这个太有杀伤力了。我们说不怕贼偷,就怕贼惦记,丢点东西并没什么,但私人空间随时会被撬开,因此没有了安全感,这才是最讨厌的。

所以永琴家的事,虽然村里人都清楚,但从来没有人愿意管,而且还会把永琴的经历当作滑稽的事谝闲传。这让人悲观,根植于乡土的宗族伦理、道德秩序,在某些地方,其中良性的一面消失了,最坏的却都保留了下来。

6

我们村有个小姑娘,叫茹茹,和永琴心智一样,据说是附近山里嫁过来的。大概是家里女儿太多了,刚好这个脑子又不太灵活,于是就像甩包袱一样,把她送来我们村,嫁给了小银家当儿媳。

自我上山起,就常听说小银欺负这个儿媳妇,每天支使茹茹洗衣、做饭、挑水、种地、背粮食等,像个被压榨的长工,干着所有的家务,还时不时被小银打骂,好几次见到她,胳膊都是青紫的。每次小银下山买东西回来，都是手里拿着一根小棍儿，仿佛闲庭信步。后面跟着一个弱不禁风的儿媳妇，扛着行李，亦步亦趋，像一头听话的"驴"。

这在我们村，人尽皆知。

据说茹茹离家出走过几次，但都被找回来了。说有次跑回家了，被父母骂了一通，又给送回来了；还跑去过亲戚家，但亲戚不想担责任，觉得是人家的家务事，也给通风报信，让家人领走了。

有意思的是，茹茹几次离家出走，都是永琴支持的。去年那次，就是永琴把我给她的零花钱攒着没花，给了茹茹，告诉她路线，劝她"逃走"。永琴的策划能力，你是知道的，自己跑到城里，都是要饭回来，所以茹茹"逃走"的结果就是还没走到山口，全村人就都知道了。回来小银就找永琴她哥告了状，说永琴煽动茹茹。

在我们村只有永琴和茹茹关系比较亲密。开始我认为这是自身处境造成的，同病相怜嘛，恻隐之心就容易滋生。但从永琴冒着被训斥、责骂的风险，还要反复帮茹茹"逃走"这件事来看，还真不是同病相怜这么简单，这可能和永琴的固执一样，出于那种侠义、本能的善，就像她根植于土地的、互相帮衬的集体劳作习惯——很多人的慷慨都随着时间变化泯灭了，只有她还固执地认为天经地义，不可逆转。

7

茹茹和永琴,一个是被嫌弃的儿媳妇,一个是被斥骂的婆婆,同病相怜。但永琴比茹茹的命运好太多,起码孩子不在身边的时间,都是自由的。而且她不积郁,不记仇,遇到什么不开心的,转头就忘光了,就像小孩子一样,前一秒还在哭呢,下一秒的情绪马上就能被新的替代。

都像永琴这样,这个世界就好处了。

我每次养猫,养到最后,都跑到永琴家不回来了,因为永琴让它睡炕。对猫来说,没有最好,只有更好。冬天山上冷,我给猫弄的窝,哪能比得了永琴的炕,而且永琴还让猫睡被窝(猫也想过上我的床,但都被我赶出去了)。看来要想留住一只猫,得给猫单独买张席梦思,算了。

永琴很有情调,会给狗猫脖子上戴些花,还常换新的;喜欢各种少女色彩的小瓶子,并称赞"花溜溜的"。永琴打猫,假得很,就是用力抚摩。她常跟狗说话,跟鸡吵架,好几次我在屋里,听见她大笑,以为她在跟人闲聊,出去看,都很诧然,原来是在跟鸡说话。

永琴什么都做不好,馒头不会蒸,种菜学不会,洗衣服也洗不干净,做的饭都是黑暗料理。但永琴养的动物,长得都很让人羡慕,个个丰乳肥臀,跟人关系特别亲近——主要是跟永琴关系特别亲近。

后来我想了下，鸡能这么信任永琴，跟永琴如此亲近，完全是因为永琴平常的生活，就是跟鸡一块儿吃睡的。每次永琴擀面前，都会先把鸡从案板上赶下去，把鸡屎用手一擦，然后撒上面粉。永琴收鸡蛋，都是在自己炕上捡的。很惭愧，这般无微不至、相依为命的养鸡技术，我实在自叹不如。

永琴爱哭，但就是宣泄下，哭完就通透了；也很爱笑，喜形于色，随便讲个笑话，都能笑得前仰后合，像是要倒在地上捶着地笑出眼泪一样。那种笑，换作别人，绝对是假的，太浮夸了。永琴没有物欲，也没占有欲，别人给她的什么好东西，她都能送人，鞋子、衣服、被褥、米面油，即便是她最爱吃的肉，也经常拿给别人吃。

有次我抓了个知了，给永琴让她喂猫，永琴不能接受，说："好好的，是个命嘛。"然后假装手一滑，就把知了放了。

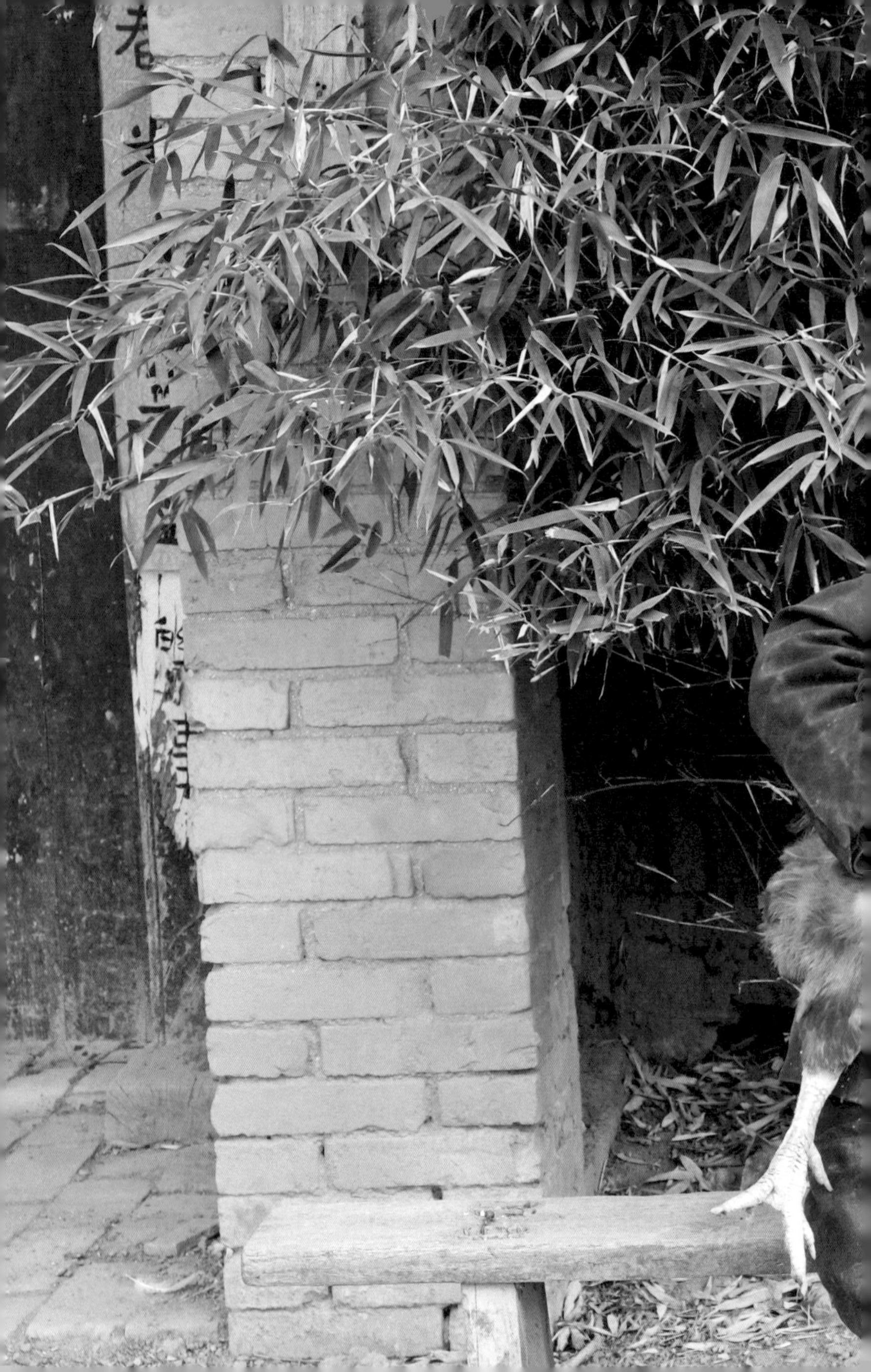
老

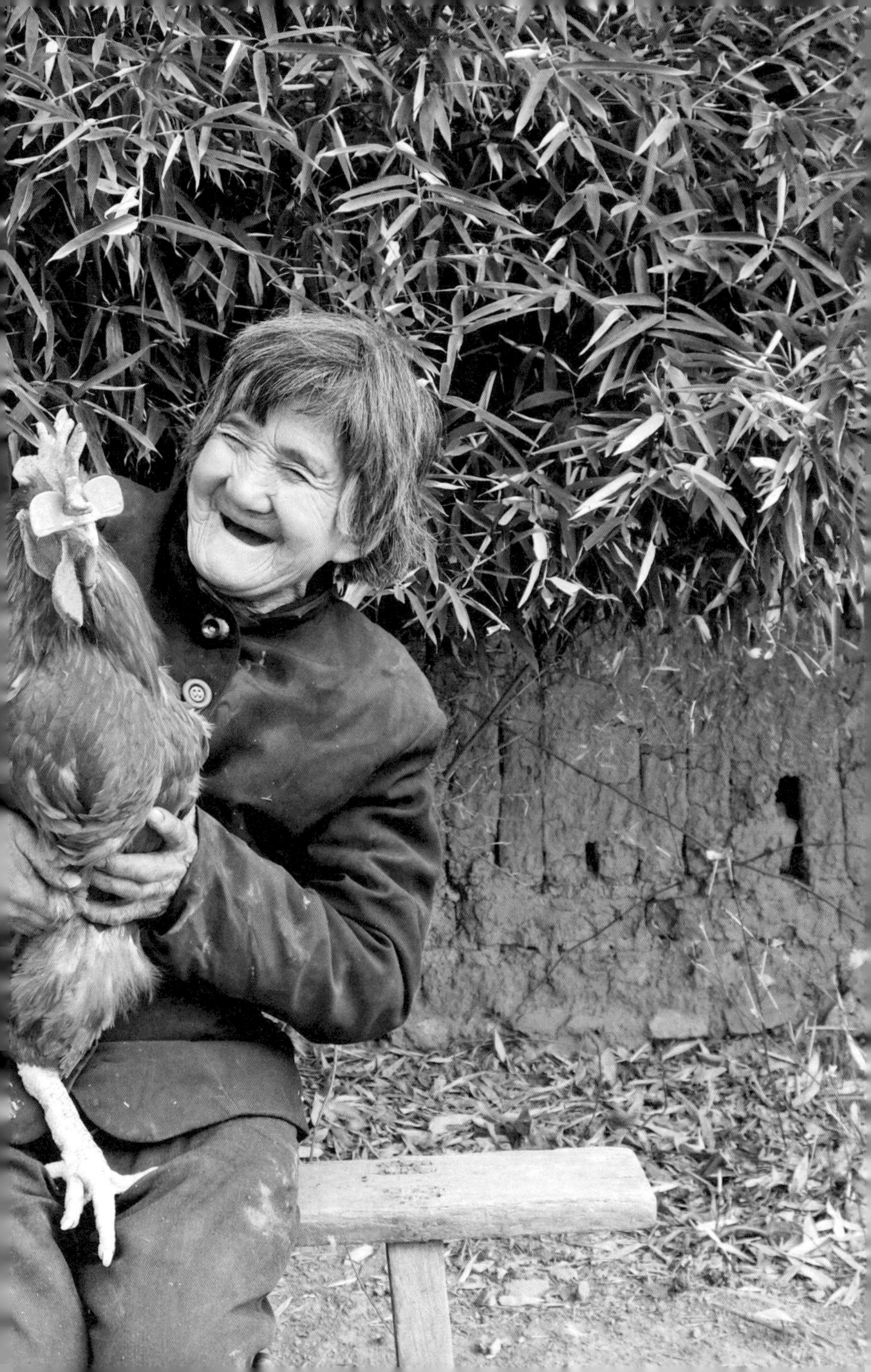

Hi！永琴

1

左邻右里，鸡毛蒜皮。离太近了，距离的弊端也就显出来了。最初和永琴接触的时候，我喊她"永琴奶奶"，后来我发现这个称呼所表现出的关系不太对，就改口直呼永琴了。听起来很不礼貌，但这之间的转换，就是在相处了一段时间后决定的。因为我发现，和永琴家离得太近了，院子挨着院子，这种居住环境的近使得人与人之间的关系很微妙，所以必须有个距离，不然就会很糟糕。

比如开始我会给她零花钱，让她下山赶集时能买个凉皮吃。后来每次我给永琴米面油或者一些生活用品时，就会让她帮我扫扫院子或者背点东西。这样的话，给予就成了交换，不然，时间久了，我给她东西，在她的惯性思维里，会变成"你应该给的"。

就像刚来的时候，永琴想要一台收音机，我便给她买了一个，结果被她弄坏了；后来我朋友给买了一个，被她儿子拿走了；我听说后又给她买了第三个，被老高骗走了；于是我又给她买了第四个，但没过多久她又送给山口骗她的老尼姑了。后来，当我实在不想再为她这事操心，放弃买收音机这个事的时候，她竟然直接跑到我屋里，斜着眼毫不客气地说："收音机不见了，你给我再买一个！"这个时候，我才突然意识到，永琴被我的纵容惯坏了。就像你对一个人特别好，久而久之，那个人便没了最初的感恩之心，转而变成对你理所当然的要求了。

当然，这种转变责任并不在她，人的善恶本来就是并存的。你处理得当，就朴实善良；不得当，就粗恶刁蛮。所以责任在我，是我毫无节制的纵容和自以为是的善，刺激、滋生了她内心的恶。就像那个"大衣哥"火了后，全村人都向他索取。自以为是的善，比恶更恶，恶本来就是客观存在的，静止在深处。刺激恶念滋生的那个人，才是罪恶的化身。

所以有朋友出于好意，每次上来，都要给永琴带点东西，我就会阻止，说不用带，或者就先放我这里，回头我再给她。不然久了，你就开始分不清，每次你上来时她的欣喜和对你的好，到底是因为你，还是因为你带的东西。

反正现在我都不怎么和她多说话，除了有些吃的需要拿给她。也正是因为这种关系的调整，永琴才开始有点"怕"我，不再动不动就冲我发火。而这个"怕"，则是我有意维护的一种距离，比如她会看我眼色，会试探我同不同意。这种距离让我和她做邻居这么久，都没再出过什么因为鸡毛蒜皮的事而吵架的邻里问题。

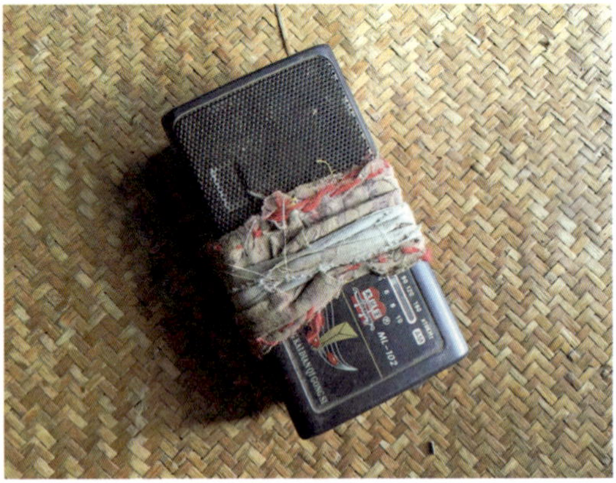
ML-102

2

永琴经常给我送她做的面让我吃，一般我看都不看一眼就果断拒绝。不是我见外，是她实在太脏了。永琴每天做饭之前，首先要做的，就是把卧在床上和灶台上的鸡赶下去，然后开始生火。每做一顿饭整个屋子都会浓烟滚滚，叮咣作响，搞得那间小灶房远看像是扔了个烟幕弹。

有次朋友来找我玩，看见永琴房子冒烟，以为是她屋子失火了，问我，我说是在做饭。朋友不信，就跑过去，冲着门口喊："奶奶，你没事吧？"然后就见永琴提着锅铲从烟雾中探出被呛出眼泪的脑袋说："啥事？"

永琴洗手，洗了一遍，水就黑了；我递了块香皂，然后香皂就黑了。但她还是会时不时端一碗泛黄的面糊糊放我画案上让我吃，我有时候推托说吃过饭了，有时候说心领了你拿回去吧，有时候拗不过，就等她走后偷偷倒给狗。到后来这都成心病了，看见她端着碗，我就有压迫感，闻声色变。朋友说我对永琴说话声音有点大，不够尊重。我也想过，是不是太没耐心了，后来我发现，这就是一种惯性，条件反射。

很多次，我正在屋里写字，永琴推门进来，端着一碗自制"黑暗料理"说："你吃。"我说："你拿回去吧，我不吃。"按说一个懂得拒绝的成年人，这种事情，三两句礼貌的婉拒和客套，就结束了。但对永琴来说，放弃原有的目的，可没有这么容易。

所以结果是——

我说:"你拿回去吧,我不吃。"

永琴说:"你吃。"

我说:"我不吃。"

永琴说:"给你吃的。"

我说:"我吃过饭了。"

永琴说:"再吃点。"

我皱了皱眉说:"拿回去拿回去!"

永琴说:"给你做好的。"

我说:"我不吃,你赶紧端走!"

永琴强调说:"给你做好的。"

我不耐烦道:"赶紧赶紧!端走!"

永琴说:"你吃。"

然后说着就要把碗放到我桌子上。我立刻站起来绕过桌子,将她推了出去,把门一关说:"赶紧端回去!我不吃!"

于是永琴在门外埋怨:"图个好心,你咋看不起人。"

我无奈道:"赶紧走!"

然后就听到永琴隔着门嘟囔:"你这人,奏(就)是看不起额(我)。"

这时候我已经不想再说话了,低头写字,任她叨叨。

过了一阵,十几分钟后,突然门"吱——"一声被推开了一条缝。永琴趴在那个缝上,探了个头,又是笑呵呵地说:

"你吃。"

于是我只好放下手中毛笔,站起来大声呵斥:"你咋回事?!赶紧走!!"

永琴见我生气,赶紧缩回头,把门关好,不再说话了。不知过了多久,隔了好半天,突然永琴出现在我窗户前,说了一句:"给你放门口了。"然后才像逃跑一样快步离开。

这是常态。

永琴洗衣服,洗完沉淀下,泥之厚,可以养泥鳅;送她个切菜板,只用了两个月,原木色就变成了黑胡桃;给她的被褥,一个冬天,就和她油光发亮的炕融为一体了。

而且永琴不会蒸馒头,每天都是烙馍,就着浆水菜。后来我去看,永琴做的浆水菜,根本就不是发酵的酸,就是臭了,苍蝇都被吸引过去了。但即便这样,永琴从来都没闹过肚子。

所以永琴最大的幸福,就是吃到好吃的。每遇到好吃的,永琴胃口就会很大,好几次我煮的鸡汤面,永琴都是用盆盛,就是那种直径三十厘米左右的不锈钢淘菜盆。有次我在城里吃汉堡,见墙上有个海报,说开业活动吃最多的第一名,奖两个月的免费餐,我当时就想到了永琴。

永琴不太喜欢新衣服,可能是觉得太干净了,和她自己的风格有点不搭,虽然我给了她很多衣服,但到头来她还是只爱穿她那几件缝缝补补的旧衣服。不过有些补的,还挺有设计感。记得有一件别人给她的土黄色毛衣,胸口衣领开得太大了,可能是个露胸装,没法穿。她就找了块粉色的布,把领口给补了起来,于是那件开放主义的敞领露胸装,就有了一块保守主义的补丁,既传统又不失潮趣。

永琴有一块红头巾,每次下山或在她认为比较重要的场合,她都戴着。开始我以为是取暖用的,后来慢慢发现,只要说带她赶集,多热的天她都要戴着。问了邻居才知道,那块红头巾,几十年了,是她老公生前留给她的。

3

永琴的学习能力确实很差,好几次我教她日常技能,都以失败告终。她系的绳子,每回都是三五个死结反复缠,教了她好几次都学不会。

有次我骑着摩托车从她家门口经过,让她把门口挨着排水沟的土坎铲平,不然每次骑车从那儿过都会颠一下。于是永琴就拿来铁锹,去挖水沟。我坐在摩托车上,指着土坎,用手比画,说:"铲高的,高的地方,不是挖沟!"永琴拿着铁锹,不知道什么意思,想了下,又把挖水沟的土填了回去。我叹了口气,只好把车停下,走过去,像教我两岁的小侄女那样,蹲在地上用手指着那道坎说:"挖这里!这里!!"然后永琴才摸摸头,表示明白。

大概也是智力的缘故,永琴像小孩子,过于单纯,很难转

终南山里有神仙

变，显得很固执。比如每年我都跟永琴说，不要扫雪不要扫雪，白白净净的多好看，你不用扫它，自己该化的时候就会化掉了。但永琴还是会忍不住偷偷地把雪扫出一条路，因为对她来说，天晴就该扫雪，这是天经地义的。

永琴有很多天经地义的认知，就像开春时，我强调了不下三次，我说下面这块地你不要挖，让那些小花先留着，等我需要种菜的时候，我自己挖。但她不听，双腿双手不听使唤，不挖有心结，忍了没几天，就把地翻了。

更可气的是下雨收东西。每次一下雨，我挂在外面的衣服都会被她提前收到屋子里。我当然知道这是好意，但我宁愿忘了收，让衣服在外面淋着，也不想她把我洗干净的衣服抱回去。不是我多爱干净，而是真的很嫌弃。每次她收完的衣服都有一股烟熏味儿，而且被抓过的污垢比泥还难洗。所以每次我都强调："你以后不要收我衣服！掉地上不准收！天黑不准收！下雨也不准收！"

就收衣服这件事，我阻止、呵斥过真的不下一百遍了。但现在一下雨，永琴依旧会忍不住，趁我不注意，给我一件件拽下来，揉成一疙瘩，丢到屋里。

这，可恨了啊！

在永琴的世界里，那一套不可逆转的、天经地义的认知，常常让我感到很无力。比如我买了几条鱼放到池子里，永琴就说我：也不找个浅盆儿把鱼装起来，水池那么深，把鱼淹死了咋办？送了她柴火炉和不锈钢壶，让她用来烧水，她用了一次就给藏起来了，问她为什么，她说那个不锈钢壶太薄，怕给烧坏了。我说这是不锈钢的啊，又不是塑料的，烧不坏的！然后我指着她做饭的大铁锅说："铁的，不锈钢和铁是一样的，不怕烧！"永琴就笑我，说："锅厚呢。"

后来我就只能自己安抚自己了。

现在，每当看到有人为小众艺术在大众审美里辩解时，一些诗人、艺术家因不被理解而感到激愤时，我就想跟他说：你怎么不去给永琴讲讲诗歌？

4

有段时间，永琴总是冲我发火，别人怎么得罪她都没事，到我这里就变得很脆弱，不碰都破。记得有天下山，走之前从她门口过，没跟她打招呼。在城里住了一晚，第二天回来后，看到她在洗衣服，也没跟她说话。但我没跟她说话，并不是不想理她，以我的性格，只是不想说话。

于是永琴当天下午就开始一会儿骂猫，一会儿骂鸡，直到晚上，见我没反应，就开始站到我院子外面大哭，一边哭一边骂。我仔细听了半天才明白，原来是骂我的。说一大早起来就给我喂狗喂鹅，回来问都不问一声，说我没良心，看不起她。

还有一次我早上起来，看见永琴在扫地，把我院子也一块儿给扫了，干干净净的，然后我玩了会儿手机就回屋了。隔了一会儿，就听到门外永琴在哭诉，说天天帮我收衣服、浇水、扫地，连句感谢的话都没有。然后一边哭，一边调高音量。

永琴很有心机，她每次哭，都要站到我家院子里，如果我在屋里面听不见，她就再往前走一点，站到我大门口哭；要是我还假装听不见，估计就会站到我窗户外面哭了。在她看来，哭到我忍无可忍走出屋来，哭得才有意义。而且哭完第二天别人问她哭啥呢，她自己还不好意思，又跟人说是我哭的。然后我们村里人就很奇怪，问我在哭啥。

我不想她太累，让她到我后院的储水罐挑水。她自己不会用，开关往反方向拧，倒腾了半天打不开，就怪我锁上了，把桶一扔，又是骂骂咧咧的。借给她的锄头找不见了，就说是我藏起来了，不舍得给她用，然后到处散播我小气、没良心之类的。后来我发现，她自己在别人那里受委屈了，也冲我发脾气，真是越来越莫名其妙。

5

前几天听说永琴把我给她的柴都背下山送人了，中午我想起这个事，就说了她两句，我说："你可是把柴都送人了？我给你的柴是让你用的，你以后不要乱送别人了，你自己都没柴烧还要送其他人。"永琴坐在炕上，低着头一声不吭。

终南山里有神仙

接下来整个下午，永琴把她院子里的柴，一趟一趟，全部搬回我院子，脸色很难看地冲我喊："额（我）不烧你滴（的）柴！"

我心想，搬吧搬吧，把门一关，就没再理她。

晚上睡觉的时候，大概九点，我又听到她在外面大哭嘶喊，狗、鹅也都在外面乱叫，呜呜哇哇。我睡也睡不着，只好披着衣服，打着手电出去看。然后我就看见永琴站在院子里，对着对面的山哭着喊，真的是号——啕——大哭，声音都快喊哑了。又是晚上，对面山的寺庙里都能听见她的哭声。我赶紧走过去，说："你别哭了，大半夜的全村都听见了！你咋回事吗?！别哭了!!"但这么一劝，永琴哭得更加惊心动魄了。她一边用围巾擦着鼻涕和眼泪，一边哭："额（我）睡不着，额（我）奏（就）是睡不着！哇哇哇哇哇……"

夜黑风高的十二月，永琴的号哭在群山里，绵绵不绝。

我很无语，就回屋钻回被窝，想着她这小孩子脾气，没人听，应该就不哭了吧。可是过了十几分钟，老太太的哭声还是不见减弱，我就只好再次爬起来，披着衣服，打开手电。

这次我不敢再大声喊了，我尽量压低声音，耐心地劝她，生拉硬拽，总算劝回了屋。我说："永琴，额（我）错怪你了，额（我）是怕你被骗，才不想你把柴送人。额（我）不对，你别哭了。"永琴听我认错，喘了口气，一抹鼻涕说："你木（没有）错，额（我）错，额（我）不该把柴给别人，额（我）奏（就）是想起这个睡不着。哇哇哇哇哇……"

我说:"好了好了,你赶紧把炕烧上,额(我)院里的柴不都是给你烧哩,额(我)又木(没有)炕。赶紧赶紧,冻死额(我)来(了),别哭了!"永琴的号哭这才算控制下来。

第二天下午,我去收鹅蛋,看见永琴在远处的田里,一锄头一锄头地,又在挖地。我问了邻居才了解清楚,永琴是前天下山,被骂了,孩子说,不好好在家待着,天天下山浪。然后就分了三天的任务,让永琴把院子下面的两亩地挖完。

十二月底了,早已过了播种的季节,土层结冰,又实又硬,老太太挖地,仅仅就是为挖地,荒唐极了。我这才明白,昨天永琴为什么对我的责怪那么在意,可能是太压抑了吧,刚好被我点燃了委屈。

不过对于永琴的儿子,我也没有怨意,听说他们的孩子病了,几天前刚做完手术,花了不少钱,正感到无助呢,看见永琴下山,也许才不问缘由地冲永琴发脾气。面目可憎,还是太穷了。而我只是悲愤于无力,只能收完鹅蛋,下到地里,把永琴的锄头夺回来,藏进屋子里。

7

有邻居还是好,每次我出门,就会放点狗粮在永琴家,让她帮忙照看下。而永琴每次都很负责,一袋二十公斤的狗粮,三五天就喂完了。我说,你太浪费了,怎么喂这么多?永琴就

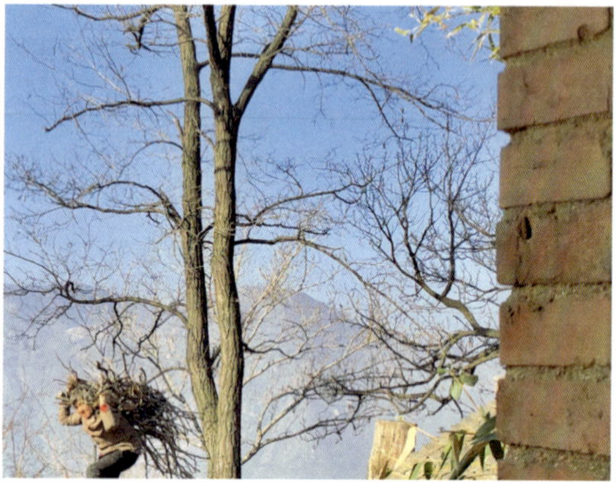

很不满，说鸡鹅都得喂，鸦雀（喜鹊）也要吃的。估计把她家的狗猫都算上了，那就是四只狗、三只鹅、五只鸡、两只猫，还有一个区域的松鼠、喜鹊。

罢了，能帮我喂已经算不错了。

我在西安读了四年大学，都没有学会陕西话，刚来的时候我说普通话，永琴听不懂。我说："把你的碗拿来，我给你盛点菜。"永琴说："啥？"我说："把你的碗拿来，我给你盛点菜。"永琴说："啥？"我说："把你的碗拿来，我给你盛点菜!!"永琴说："啥？"我说："跛（把）尼（你）滴（的）万（晚）拿来，额（我）给尼（你）盛点拆（菜）。"然后永琴就高高兴兴地转身回屋拿了个盆。所以我上山半年，长安话就过八级了。

我觉得永琴给我的启示还是挺多的。见过很多人可怜永琴，觉得永琴的日子苦、辛酸，但在我看来，在这个物欲横流的世界里，没人有资格可怜一个无畏时间、无忧无虑、什么都可以送、可以放声大哭捶地大笑、和鸡猫狗鹅同住一室、蜱虫蚊蝇不近身、吃什么都不会坏肚子、不记得自己年龄、不知道自己长相的老太太，她才是最高维度的存在。我看很多人都是带着点悲悯的，看永琴时，却很坦然，也许她是"菩萨"吧。

昨天永琴又背了两大包纸壳下山卖破烂，晚上回来后说腿疼，怀疑自己生病了，总是腿疼，问我有没有止疼药。我说你背那么多东西往返一次两三个小时，肯定疼啊，换我我也疼。

这两年，永琴问我要止疼药的次数越来越多了，她只知道总是这儿疼那儿疼，但不知道，自己其实已经老了。

终南山里有神仙

有段时间,我很反感"隐士""隐居"这些词,写了几篇文章来讨论,虽阐述婉转,但结论刻薄。比如我说终南山是没有隐士的,因为"隐士"是隐居不仕之士,首先是"士",即知识分子,否则就无所谓隐。而且一般的"士"隐居也不足称之为"隐士",须是有名的"士",即"贤者",才有资格。所以当我们说"隐"的时候,首先得是哲学层面的,不进而退,以退为进,退而避之或退而静之,前提都得是胸怀着古典精神的。

这不难理解,说白了就是"不配"。大概也是我重复得多了,据说终南山里,读过我书的人,确实很少有人再以"隐士"自居了,只有一些老骗子还在自称"隐士"。我还是欣慰的,一个高尚的符号在诞生之始是有光环的,因为稀缺,非凡人可得,所以明亮。但如果人人皆可消费之,那个符号的光环就不会存在了。其实"终南捷径"就是在消费主义泛滥的节点产生的,隐士太多了,人人都是隐士,隐士就没什么价值了。

不过有意思的是,我发现那些来到终南山,需要以"隐居"光环来美化自己身份的人,当你告诉他,你不配称之为"隐"的时候,他就不用"隐居"这个词了,开始用"住山"。于是有些人,开始凡事都以"住山者"自居,我们山里怎么怎么。

在他的词语定义里,"住山"和"隐居"其实没什么区别;在他的语境里,以"住山者"自居就等同于以"隐士"自居。这太值得反思了,自我强大的人,你把他赖以虚荣的认知推倒,并不能使他接受那个真实的自己,只能导致他盲目追逐另一种虚荣,不过是从一个泥潭跳进另一个泥潭,用一个符号代替另一个符号。

所以后来我也不解释什么"隐士"的误读了,这根本不是误读的事,就是一种需求。只要这种需求在,就说明这个符号还有光亮。

有次有个自称修行人的女施主,聊天时总是不断地将话题引向一些玄秘的事情上去。比如她说在某峪见过一个人,已经活好几世了;说在山里,如果遇到帽子压得很低、不愿露脸的人,不要去盯着看,因为那是非人,是还没完全修成人形的人(类似半兽人)。还问我有没有见过山鬼,我觉得好笑,就指指背后的高僧像说:一个人如在正道、大道上,是不会看到那些的。

说实话,开始我以为这些人都是装神弄鬼、故弄玄虚的。后来我发现,有的人是真心对那些玄虚的东西坚信不疑。在他们的世界里,那些超现实的存在,就像现实本身一样清晰。

这确实是挺值得审视的。

在我看来,过度讲究风水的人,就是被诅咒的人;而过度信奉玄虚的人,就是被妖化的人。当然,我并不是否定风水或玄虚的世界观——巫是宗教、艺术的起源,传说、神话、天地

终南山里有神仙

人神的世界观，本身就诞生于"巫"，所以玄虚本身没什么不对。只是说，如果那个巫性大过你，就会只有巫性，而没了人性；人性被稀释掉了，就会有邪气，变成了妖。

因此才有"地狱门前僧道多"，而"真佛只说家常"的逻辑：正等正觉才是佛，正道大道才是道。

所以一般我判断一个所谓的高人是否真的高，除了直觉，差不多就基于两种参照：一是他是否过度注重符号、形式的展示；二是这人是否好论玄虚，喜欢主动给人布道。在我看来，凡好论玄虚的人，之所以一开口觉得他低级，并不是因为我不信神，而是正大光明的人，从来不谈神，他只敬畏神——"山有山神，水有水魅"，而不是"山是山神，水是水鬼"。

"有"，是诗性的存在；"是"，是魔性的现实。

那有没有确实修得不错的？

还是有的。朋友说有个比丘尼，在台湾地位就挺高的，几年前来到终南山清修，很少能见到。那次刚好逢得这位比丘尼的好友去探望，就随友人一起去拜访。那天众人在山下一家小餐馆等候、闲聊，很多人都在，直到开始就餐介绍时才知道，人群里最普通的那个竟是主角。朋友说，给我们倒水时，笑呵呵的，就和当地村里的大妈一样。

看起来普普通通，跟村民大妈一样，那确实算修得很好了。

其实这几年我也见过一些来到终南山，找了个地方住下的人，其中大多数住着住着便迷失了，要不被玄虚吞噬，要不被名利吞噬，孤独、虚荣、幽闭、寂静，处处都是坑。但也确实有一些人，因为这座山，而变得更开阔、清澈、平静。

以前我认为很多东西的价值与成立都是由人决定的，比如"隐"，是因为那个人刚好去了那里，因此武当、青城、终南山，和信阳、周口、驻马店，没什么区别。但后来我发现，如朋友公度所言，"人和"也需"天时地利"之要，"物华天宝"与"人杰地灵"也是有前后关系的。也许，终南山之所以能成为"终南山"，正是因为它本来就是圣地，各种元气都很饱满，才会有人因此成了"妖"，有人借地成了"佛"。或者说，因为它是终南山，所以它肯定有隐士也有神仙。

空空荡荡的满

隐形兽

上次买了五个打火机，
今天又一个都找不见了。
最近总感觉有一种隐形动物，
在吃我的数据线和打火机。

道

"真"是终点,也是起点。

历史

我们都是水滴，
在大河里奔流。

化一壶雪烧水喝

这么好的天，一定得配个甜甜圈

被窝笔记

"气"不对

有天早上,太阳翻过后院的山,来到前院,树叶缝里漏出来的光,刚好散落在门前盆景的叶片上,温度和手心一样,软软暖暖。那一刻,像能读懂万物语言的通灵者,我突然发现那些植物是"活"的。嗯,活的,就像卧在盆里的小动物。这个时候,不管是我拍下来,画出来,还是刻出来,那种爱意都应该在作品里了。

所以艺术骗不了人,就是因为看见和假装看见,呈现出的不同质感,都会在作品里,以一种叫作"气"的抽象之态显现。一切都对,气不对,玄虚又隐秘。

醍醐灌顶

下山看陕西省博的"醍醐寺"国宝展,面对那些佛像时,我深受震撼,有种错觉,似乎面前的雕塑,随时都会动下指头,

空 空 荡 荡 的 满

眨个眼。这种"活物"的错觉，超出真实的感受，令人赞叹。雕塑是有灵魂的，而艺术，的确是神的语言。

就像山东青州北魏佛像，即便只剩一只手、半张脸，也是有温度的。所以从某种程度上来说，艺术家才是神的使者。

当然，必须是一个倾注着虔诚，同时又能呈现作者情感的雕塑，才有谈灵魂的资格。而且情感的饱满度和态度，缺任何一个，这个雕塑就是死的，不过是一个象形的石头而已。

存在的质感

最近烧了不少画，并且如果不是为了装点墙面，都烧了我也不介意。大多数创作者总觉得画或者诗是自己存在的佐证，一旦诗和画都删除清空了，好像就没自己了，或者没自信了。那种需要佐证的存在感和自信，太脆弱了，很像自我催眠。

艺术品本身就是人存在的分泌物，但很多做艺术的老把作品当作存在的唯一。我看那些土豪炫富的时候，便能感受到他坐在自己的奢华客厅里时内心的满足感和存在感，跟一个诗人炫耀自己的诗集没什么两样。有车有房的自信跟有诗有画的自信没什么两样，主要是哪个更能填满自己。

但什么都没有，也能感到存在，才是存在真正的质感。

有个性

艺术史上很多伟大的艺术品,艺术水准都很高,因创作时期、环境不同,各行其道,所以艺术价值很难比较。但人总是好给万物分个轻重,以便区分身份贵贱,于是身世曲折、故事性较强的,就成了国宝。艺术家也一样,很多艺术家,作品都很高级,但经历有传奇性、个性鲜明的,就比较容易成名,比如在知名度上,凡·高就比塞尚更有名。

个性(或者说人性)、戏剧性,是艺术品、艺术家及艺术史的传颂标准之一。就像历史,几千年的风云变幻,人物、故事多如繁星,但来来回回,却只有那些影响深远、充满戏剧性的关键节点,才被书写得多一些。

游走的金鱼

有一年夏天在地铁上,我在手机里翻到科恩的新专辑,就戴上耳机听。那天刚好地铁上人很少,坐在我对面的,是同样挨着门坐着的穿纱裙的姑娘。我没注意到她长什么样,只记得耳边科恩的音乐突然响起,就看到空调从她的长裙后面有节奏地吹,吉他和贝斯的拨动像一条游走的金鱼,而她裙角摆动的旋律,就像那条游走的金鱼的尾巴。整首歌不到五分钟,我就一直盯着她的双腿,眼神游啊游,像个色狼。

山居七年

我听过很多音乐，基本都是听不懂歌词的，比如英文歌、法语歌，还有那些不知道在喊什么的摇滚乐，但好多好听的音乐，不用听得懂歌词，也能大概猜出唱的是什么内容。那天听的那首歌就是如此，当时从地铁里出来的时候我就在想，这首歌肯定是晚上用来催眠的。搜了下，果真如此：歌名 Lullaby，《摇篮曲》。

吃点干饼喝点粥

有次看到个视频，我印象颇深：视频里丽日晴空，艳阳高照，就一团黑云在公路边，稀里哗啦，狂吐出一道井口粗的雨柱，跟施了法术一样。

有时候翻手机多了，我也会反思，比如在没有图像，或者这种可以即时捕捉短视频的技术出现之前，人都是靠外出回来的人，通过口传，认识他们没有见过的东西。那时候，人对未知或者说信息的需求度，跟现在是一样的。对这个世界未知领域的求知欲，是人之本能，而且从来没减少过。只是古代新鲜的信息量小，一个见闻，可以传一辈子。而现在每一秒都有一个新话题，于是"求知欲"真的就成了求知"欲"，欲壑难填的欲，像个信息黑洞，吞噬着人的时间和专注力。

所以信息流量这么繁杂，更需要环境上的孤立清冷。

吃点干饼喝点粥。

附魂蛋

小时候我看过一个日本动画片,叫《鬼神童子》,里面讲到一种可以附在人身上,将人的恶和欲望变大以至于走火入魔的恶魔果实,叫附魂蛋,长得就是眼珠状。这部动画片,我是十岁左右看的,剧情很惊悚,感觉像看恐怖片。但现在想来,那个附魂蛋的设定,其实就是个隐喻,谁内心的恶念和欲望出现的时候,那个叫附魂蛋的寄生兽就会出现,附到他身上,把他控制,吞噬。

无时无刻不在低头玩手机的人,基本都是已经被恶魔控制的傀儡。

但如果是特别善良、正大光明的人,附魂蛋对他就是无效的,因为恶和欲望,都是主动打开的,内心防线有了缺口,附魂蛋只是伺机而入,附到他身上并将他吞噬,把他变成恶魔。

能不能不被放大,还是他自身决定的。

点石成金

刷手机的时候,注意力都在内容里,声音、图像和信息,活生生的,像一个生命体。只有摔坏的时候才发现,手机死了,又变成了一个静物,一块冰凉的铁。

这很像一个幻术,一个手里捧着石子的人,被一个道士,

空空荡荡的满

点石成金，法术一收回，手里的金子就变回了石子。

方便面

我小时候的第一个梦想是长大后能做一个卖方便面的，这样方便面就可以随便吃了。我堂弟比我更有野心，他说除了方便面，还要有火腿肠。

懒啊

擀面是个体力活啊。我还缺一个把和好的面压成饼的机器。

不对，缺一个把面粉和成面，再把面压成饼的机器。缺一个把面粉和成面，再把面压成饼、切成面条的机器。然后还缺一个炒菜机、一个下面条机、一个端碗机和一个洗碗机。

躺游

对我来说这个现实世界是有很多出口的，比如一部电影就可以让我从现实世界出离近两个小时，身体在这个世界暂停，灵魂在另一个世界游走。

当然必须是好电影，不然老出戏也不行，进进出出，消耗精力。

空空荡荡的满

拖稿理论

一个玩音乐的人，或者一个写诗的人，年轻时候玩摇滚，很多年以后消失了，不玩了，风格变了，我们就会说他被现实打垮了；看到自己喜欢的小众歌手变得大众流行，就粉转黑，痛心疾首地说"×××不纯粹了"。

任何一个看似瞬间的直觉，背后其实都有非常复杂的逻辑，所以这种认识也一样，看起来狭隘，但其实有很深的渊源。电影《第三个人》（The Third Man）里有一段台词："在意大利，在博尔基亚的统治下的三十年，那里有战争、恐怖、谋杀、流血。但是他们孕育了米开朗琪罗、达·芬奇和文艺复兴。在瑞士，他们有兄弟般的友爱，有五百年的民主和和平，可是他们创造了什么呢？布谷鸟钟？！"确实，对于艺术来说，艺术家们年轻、迷惘期创造出来的艺术品，都是重击现实主义之墙的武器。越是绝望、迷惘、愤怒、孤独，这种武器就越尖锐，越有力。

其实这是人性的选择。你看，幸福很恍惚，疼痛却是实实在在的。

而像我这样,幸福得像朵花,写什么都觉得多余。所以总是拖延,本来第三本书早就该写完了,却到现在还没收尾。不过没关系,我有一瓶治疗拖延症的神药——"对艺术创作来说,欲望和饥饿感,确实能让人很快进入工作状态,但那只是对于比较现实层面的表达,到了艺术史层面的艺术,完全可以没有作品了。他的存在就是诗;他活着,他的痕迹,就是艺术。"

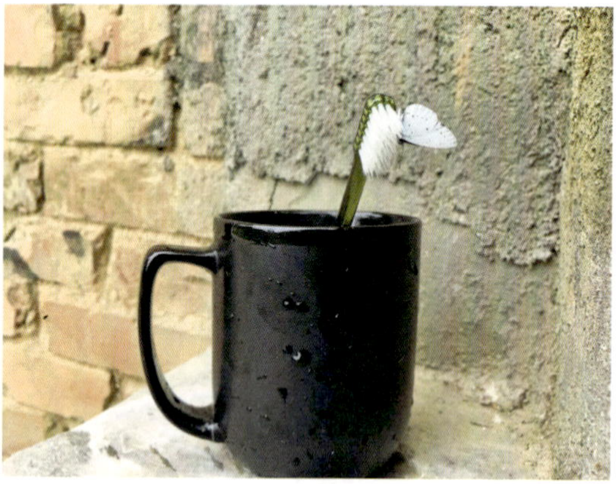

这确实有点难

当我们说植物很安静的时候,是指我们每天的信息流量此起彼伏,总是很旺盛,而时事无论怎么波澜变换,都和它们无关。

每次在飞机上往下看,都会有种看蚂蚁搬家的渺小感,总觉得那种俯瞰的视角,是最接近造物主的,很容易就能让人恍然大悟。但一落地,随着人和建筑物的变大,那些荣耀和需求,也随之被放大了。

所以,还是要生活在天上。

在南方城市的地铁里,我曾试着想象那个叫"终南山"的山。突然发现,站在那里,会很容易就把终南山"神化"或者"妖魔化",因为在南方的城市里吃着早茶想象着那个北方方山野里的借山居,就像在商场里吃着火锅想象草原一样,只有羊肉卷端上来的时候,才能体会到一点点草原的质感。

挤着地铁想象山,这确实有点难。

在繁华都市中心逛街的时候,很明显有种幻觉,感觉这个城市的中心就是整个宇宙的中心,资本带来的物质丰满,很是自信。但待了几天后,站在楼上往下看时,突然又发现,这种通过巨型建筑物和人流带来的重心感和自信，其实挺虚的。吃饱玩好逛完，回到房间，独自站在楼上往下看时，那种作为一个"人"本能的虚无感，就会袭来。

这就像在飞机上觉得自己挺庞大的，踏碎一座城只需一只脚掌，但一降落就会有种被施了魔法，慢慢变小了的沮丧。城市也一样，刚进去的时候，很容易被那种繁华、绚丽和虚妄的自信带偏，只有等一切都熟悉了后，不满于现实的人，才会想要回到自身，回到内心的通透与宽展上面，重新一层层上升，掠过一座座庞大建筑物的楼顶，掠过城市制高点，继续上升，回到俯瞰这一切的庞大上。

毕竟对于有自觉意识的人来说，城市是有弥散感的。他们清楚，那些迷失于信息和物质生活里的自我，就是被城市幻象所吞噬的魔。

空空荡荡的满

有关陌生感

我曾试着想象一岁半的小侄女走在街上时眼里的世界是什么样的,她不认识字,那看到的所有的广告牌、商店名、路标,应该都像我看梵文或者英语一样。但似乎也不一样,因为她看不懂的时候,可以无视那些字,专注图像的部分,而我下了飞机到达全是英文的地方时,却很紧张、恐慌,根本没心思专注于图。

早已习惯了以文字识别环境,面对突如其来的陌生感,就像被没收了枪的入侵者,踌躇不安。其实如果冷静下来,忘掉自己的习惯,像个不识字的孩童那样,以直觉和对图像的辨别来认识一个陌生世界,反而没那么难。你会发现,不管印度、英国还是阿拉伯国家,只是语言不通而已,比萨还是肉夹馍,没什么区别。所谓文化差异,不过就是不同审美体系掩饰着的同一种七情六欲。

陌生感是人的局限,所以"障"这个概念太厉害了。假设每个人有一个自己的小宇宙的话,那个包围着自己的,像玄幻电影里那种可视的、修仙护体的圆形透明罩子,就是每个人的

空空荡荡的满

自我，然后这个小宇宙里有他成长过程中所建立的三观和认知。那三观和认知所形成的小宇宙的边界，就是"障"。

大部分人在自我这个小宇宙里是不愿意出来的，那里坚固、安全、让人自信，只有极少数的人会乐意把头探出去，像看陌生人那样理性客观地反观、审视自己。所以我一直都认为，"能够反观自身"，就是佛教里讲的慧根，跳出自己了，而改变，就是一次次涅槃，直到我们小宇宙的疆域越来越大，越来越接近智者。所以不管是法执障碍还是我执障碍，悟"空"最重要。

熟视无睹、屡见不鲜，都是在说，已知对理性、直觉的破坏。

我曾有疑惑，身边朋友聊到那些还算知名的画家、书法家时，大多数人都能说出那些大家各有哪些局限。比如我就认识一个画家，画得挺好，字写得一般，常常因满屏的题跋破坏了画，但他非常得意自己的字，聊起来也自认为比画更高。其实随便懂点书法的人，都能看出他书法很一般。类似这种明显的不足，为什么他自己就看不到呢？

就像很多导演对自己刚拍好的电影很有信心，一旦上映，就差评如潮，每个影评人都能看出来，里面有一部分剧情很多余、拖沓，剪掉会好一些。但明显的败笔，导演却没剪，是导演没有观众或者影评人的能力高吗？

很明显不是的，因为每一个镜头都是导演拍的，所要表达的他太熟悉了，熟悉到会放大每一个镜头。所以，导演拍完电影，看了五十遍，最后发现每一段都有表达的必要性，他盯着局部，看到的也都是局部。但上映后大众是带着陌生感去看的，并不清楚他在哪个地方埋了什么伏笔，在哪个镜头的切换上下了多少功夫。大众看的是节奏、剧情，是这部电影的"整体性"，好坏判断就非常直接清晰。

所以影评人和观众常常一眼就能看出一部电影的缺陷，而导演却不能。就像自恋的人，太熟悉自己了，每天看，怎么看都好看。只有像永琴那种，一生没照过镜子，完全不知道自己长什么样的人，突然看到自己照片时那一瞬间的判断，才是最准确的。客观，在某种程度上，就是陌生感。

主动非主动

以前有段时间我分不清行为艺术和"行为"的区别,来自民间的随便一条社会新闻,都比那些行为艺术家的作品更有力量。比如河南有个企业家,花钱给一个巨大的弥勒佛雕像按照自己的样子,做了个大背头。按说这个金光闪闪的大背头弥勒佛,放在任何美术馆,都是一件分量十足的杰作。但后来我发现,其实我忽略了一个很重要的问题,就是创作者的主动性。

"行为艺术"之所以是艺术,是因为创作者本人的主动性,是有表达意识的创作,而那个大背头佛像不是艺术,是因为创作者在制作时,作为一个匠人,只是单纯地按照老板的要求,从开始到完成,都没想过自己是在做一件反讽意味的雕塑,所以它不是艺术。

但如果我把那个大背头佛像买下来,放进美术馆,它便又成艺术了。因为我把它的反讽意味以及对超现实主义的理解注入了那件雕塑,那件雕塑才有了具体的表现力,成为我的作品。

因为这个观念,是艺术的。

就像我们村有个老太太，每年都有那么两个月，一整天一整天地搬着小板凳，在地里拔草。一两个月，任何时候路过，她都在那块地里趴着，就像长在一块绿布里的小黑点。基本两个月过后，那块地就会被她收拾得像筛过一样，一根草芽也没有。

从某种意义上来说，这块绿布上缓慢移动的小黑点，在纯粹和耐性上所表现出的张力，以及在图像上所产生的秩序，比很多作品都更有禅宗的意味。但即便如此，却没有人会把老太太当成艺术家，把她拔草的行为当作艺术，因为谁都知道，老太太拔草只是在劳作，不是在表达什么。而只有这个劳作的过程，被我记录下来，作为影像来呈现时，这个行为才变成艺术品。

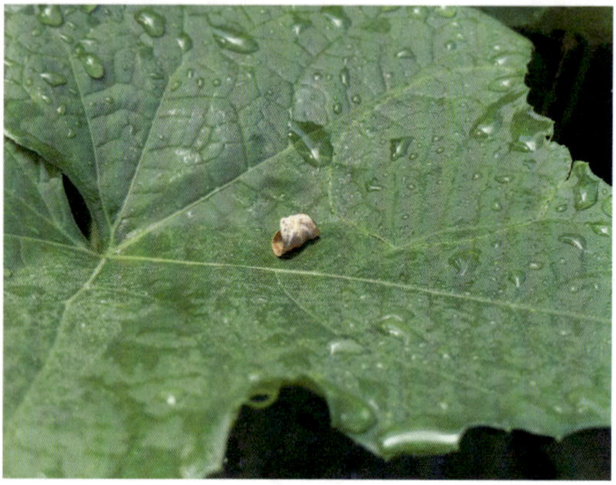

视角很重要

有时看不懂,是因为手里的书拿反了,一旦视角正过来,就会有光照在上面。

1. 加上语境

有段时间我曾对艺术史上承认的一些作品质量产生怀疑,尤其是近现代艺术史上的那些作品,包括电影史上赫赫有名的伟大电影。比如我觉得徐悲鸿的马,就很一般,明显老气。另外崔健的歌,我也实在不觉得有多好听,歌词再怎么重击那个时代,都感动不了我。那个时代已经过了,我出生的时代已经不需要用"红"来做隐喻,音乐就听音乐性,就像文学起码得有可读性,管他什么颜色,我又跟你没共同记忆。并且我认为很多江湖上名声显赫的人也都不过如此,尤其是那些在二十世纪八十年代被传诵的诗歌,很多金句还没网络流行语更让人有共鸣。

后来我才意识到,我的苛刻是因为我没找到一个衡量艺术品价值的正确视角。人总会认为，只要是被历史认可的大人物，作品一定也是伟大的，但却忽略了作品产生的"语境"。大时代历史背景里的很多大师，作品价值根本不是用审美、技术等来衡量的。它们是历史进程中的重要作品，但不一定是杰出的"艺术品"。艺术史上的很多大师，之所以成为大师，就在于他们刚好处在那些时代的节点上，打破某种格局，或者开启下一个时代，而非作品的艺术性多么高。

杰出的艺术品是在艺术的价值标准里，有技术层面的建设和一定高度的，比如莫奈的作品。重要的艺术品，就比较复杂了，往往以概念取胜，和社会背景、政治背景都有一定关系。但这就好比发明飞机的人创造的第一架飞机和现在飞机场里的飞机，你能说前者那架只能飞几分钟的飞机更好吗？就像苹果手机第一代在那个时代有划时代的意义，但跟现在的华为相比，你肯定觉得还是华为比它厉害。

当然，我并不是要否认"重要作品"，我最敬重的恰恰就是此类作品，历史就是他们推动的，我否定的只是那些连价值判断的方向都搞不清就开始盲目叫好的受众。

2. 所求不同

初中一年级听磁带，听到羽泉《冷酷到底》的高潮部分，我吼得很过瘾，嗓子都喊破音了。当时我还是热血少年，每次听完都要倒回来再听一遍。到了初二,买了一张脑浊乐队的朋克专辑,一听就傻了,撒泼打滚,鬼哭狼嚎,太好听了。这个时候,我妈就说:听的这是什么歌啊(她说歌的时候,语气很怀疑),鬼哭狼嚎的,赶紧关了!

这个阶段,一个滋滋生长的少年,你不让他奔跑,他也原地打滚,总是要释放出来。于是一腔热血遇到摇滚,就觉得好听,但这种好听,在他的感知里,其实并不是"脑浊"的音乐多有节奏感,而是他吼得有多酣畅。

酣畅、宣泄是我听那首音乐时的需求,只要酣畅、宣泄,只要躁,躁翻这个世界,好不好听,早就不重要了。所以直到后来有一天我不需要摇滚乐了,突然也觉得:这是什么歌啊,鬼哭狼嚎的。

上大学的时候我爱听一些阴郁、暗黑色彩的民谣,一听到带着哭腔的、悲伤又沉重的旋律,就觉得好听。阴郁到极致,最爱听的就是从棺材里爬出来的"永恒沉睡"和一整首歌只有一个男人在哭的Uaral,就差天天放哀乐了。你想啊,一个城中村小巷子里,有个披头散发的男生,出租房里整天传出来的都是一个男人在哭,太悲伤了。这个时候,我妈听了说:听的这是什么东西,鬼哭狼嚎的,赶紧关了!

万物生长有其周期,青春期的末端,自我意识刚刚觉醒,很容易产生一种自以为是的孤独。这时候,我觉得那些悲伤的音乐好听,听的其实是一种安抚,好听是因为感到宽慰,孤独

空空荡荡的满

拥抱孤独，是姿态选择姿态，和词曲旋律什么的没什么关系了。我现在很能理解，为什么流行歌曲排行榜上的音乐很难听，但流量却这么高，因为话语权变了啊，人家粉丝可能真的觉得好听，那些电音、RAP，还有行云流水的舞步，真是美到心都碎了。这就像热恋时你耳机里听着自己另一半的音乐，听的是暖意、爱，和水平没什么关系了。

当我们人生的阶段，开始沉淀下来的时候，古典、乡村、纯音乐自然而然就变成主食了。现在我在院子里有时会放点琴曲，我妈就说不好听，不如她手机里下载的歌听着更开心。也挺难得的，从邓丽君到凤凰传奇，她的需求始终都在一条平稳的线上，就是韵律、节奏通俗易懂。我的需求却在不断地变化，总是错位，所求不同。

3. 再谈诗

对白云的赞美

作者：乌青

天上的白云真白啊
真的，很白很白
非常白
非常非常十分白

极其白

贼白

简直白死了

啊——

韩东说：你说那不是诗，只能说明你的无知。我却不这么认为，就像我跟我爸也能讲清楚凡·高的艺术价值一样，说那不是诗的，不一定是无知，很可能是评判标准出了差错。

我们都知道一件艺术品的价值不能单看这件艺术品的内容，还要看它产生的环境。比如那幅就一张白布甩些白点就估值高达9000万至1.2亿元人民币的油画。乌青这首《对白云的赞美》的价值，也不能单独论断。

在评判废话诗好坏之前，需要清楚废话诗产生的原因。现代派就"什么是诗"的争论碰撞出很多对诗的思考，废话诗就是在那些争论之中产生的。《对白云的赞美》背后的思考其实和观念艺术产生的思路如出一辙，就是在探讨"既然诗是语言无法说出的东西，那到底诗该怎么写才能更接近诗本身"。

所以乌青思考的是，眼前的白云很白，因为白而感动，因感动而生诗。但是有多白，有多感动呢？然后就突然意识到，似乎一切修饰，来表达这"白"、这"感动"，都显得不够，都无法形容那种让人感动到感叹的"白"。

文字是无法完全呈现出和眼前图像一样的白的，只有"白"

才能呈现白，只有感叹才能呈现感叹。

其实就是网友调侃的那些段子了，所有的修饰，只能是"啊！"

是的，其实即便有词语、有文化，所写出来的诗，也不一定能完全呈现内心那一刹那的"所感"。有文化，也只能是将那个所感，呈现得更接近，但再接近，也无法把内心的诗完全呈现。这个逻辑，就像我们描述疼，只有一刀划在你脸上才知道疼，任何企图呈现疼的形容都不及给你一把刀子。于是才有了那首《对白云的赞美》。

那么按乌青这个思路继续下去，如果一切修饰和语言都不及诗本身，那么还写诗干什么呢？你还别说，真有这么一首顺着这个观念走到尽头的作品——只有一个标题《诗》，内容就是什么都没有的空白。观念艺术思路的极致就容易走进这样的死胡同，他们模糊了讨论的边界，一根筋地走到墙角。所以绘画的思考停留在了1.2亿元的白布上，就再也无路可走了。但这首只有标题的《诗》和那幅只有白布的油画，意义和价值都是不可否认的，对于艺术史来说，那是可以看得见的边界，是思想史的一个新脚印。

这是"思想"的价值，属于观念艺术，但非"艺术本体"的价值。不能拿杜尚那个开启了当代艺术大门的小便池和齐白石来做对比。下半身、垃圾派、废话诗等出现的思路都是一致的，都是在讨论文本之外的东西，什么是诗意，什么是诗，而不是在讨论内容上怎么抒情，如何对仗、赋比兴。这就好比一

空 空 荡 荡 的 满

个科学家创造了一个扫地机器人,有人看了说:一点儿都不性感,连插入的地方都没有。韩东生气地说:只能说明你无知。

所以乌青在我看来更像是一个观念艺术家,他对诗歌的深度思考对"诗歌文体的可能性"意义很大,对诗学的建设与扩展有不可忽略的意义和价值。他们直接砸烂诗歌的围墙,让诗歌回到应有的广阔空间。正如何小竹说的"他对诗歌语言极端化的追求,让我们看见了诗歌的疆域仍然充满了许许多多的荒芜地带,值得我们去探索"。

4.一以贯之与另辟蹊径

大众和小众的矛盾,永远都是一以贯之的、形式感很强的传统美学,和反叛、反程式、另辟蹊径的观念美学之间的矛盾。就像你说音乐不好听,对方压根儿就没听音乐,听的是宣泄;你说诗歌都是废话,没有诗性,人家本来就不是在写诗性,是在讨论哲学;你说书法没章法,不工整,人家本来就是反程式化,回归本性的;你说当代艺术不"美",看不懂,人家本来就不是表达你所理解的"美"的,而且反复强调,当代艺术是观念,不是形式感。于是你发现,所有的看不懂,并非全是因为无知,反而是因为手里的书拿反了,一旦正过来,就会有光照在上面。

空空荡荡的满

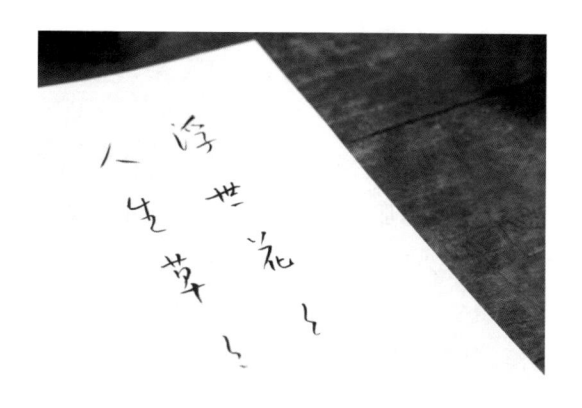

5. 从观念回到艺术本体

用艺术表达观念，当然是值得称赞的，只是观念总是在可知的范畴游走，很容易到头，但用艺术呈现灵魂（人心），却是无止境的。所以观念艺术最终还是会回到艺术本体上面，以心手相应的书写、绘画、音乐、文学为工具，来开垦更大、更宽展的人类世界。

所谓艺术通神，是指它可以呈现出我们自身都无法察觉并且隐藏不了的真实，但那种真实，是一种很隐秘的现实，只有能读懂它时，它才会显现出来。就像我们评判一个人的书法"字如其人"，就是在说作者和作品之间的那个隐秘的关联。

这个时候，我们说那件作品，"温润"也好，"洒脱"也好，评价的就已经不是作品了，而是作品所呈现出的那种可感又不可言说的意味——大概那就是作者本人的一部分灵魂。

一件好的艺术品的基本状态，就应该是那种可感又不可言说的完美存在，比如一首好的诗，你会忘了词语，读的时候，只有情绪；一件好的雕塑，你会忽略技术、造型、材质，看的时候，只有灵魂被触动。就是说一件艺术品，只要达到了那种圆融状态，那便不论是温润感、淡泊感、清秀感，还是狂躁感、暴虐感、炽烈感等，都会很动人。

所以人类才会有古典乐，也有摇滚乐；有昆汀，也有宫崎骏。灵魂在艺术层面，是没有高下之分的，只有达到和没有达到之分。正如一个写作者，写悲伤时能把句子写出水，写欢愉时能把字写开花，只要做到了，都会让人触动。这也是为什么我推崇古琴的时候，也会刷会儿快手，理解存在的多样性，是大多数人应具备的包容。

有所期待

奶奶走后第二年我才回去给她烧纸，头一年重阳本来说回，最后偷了个懒，就在山上给奶奶道了个歉。

有时候往死去的亲人坟头前一站，就能看见她和你对话的样子，因为你跟她说什么，她会怎么接、怎样笑，再熟悉不过了。生前回应过我那么多遍，现在只是重复一次罢了，就像我很清楚我奶肯定不会怪我，因为她活着的话就会说："烧啥纸，别回来了，回来又要花路费。"

显灵，不过就是自己内心的回应罢了。

所以某种程度上，我对鬼其实是有所期待的，因为我们所有现实的孤独与虚无，基本上都是因为确认没有另一个空间的存在。如果能让我在极度清醒的状态下，遇到鬼，确认鬼的存在，那是多棒的体验啊。太棒了，有鬼啊！说明直接验证了另一个空间的确存在。有鬼就有神，那这个世界该有多美妙啊，什么轮回、转世、飞仙、穿越、超能力，都成了触手可及的可能，而现实的一切不快，也都有了寄托。那岁月还有什么可遗憾的，死亡还有什么可怕的，鬼敢把我吓死，我变成鬼就把他气死。

所以,我一个人住山上也从来不怕鬼。

我只有一种孤独,就是没有神鬼的孤独:前无古人,后无来者,生之混沌,死之空无。

有神明

每个人的神都藏在我们自己的已知触及不到的部分,且学问越多、世界观越是广阔,神就会越多。未知才是我们的神。

我曾在藏区山里住,听当地阿姨讲,她小时候就听人说,对面的雪山上是有宝珠的,只是有神明守护着。早些年她的大儿子试图翻过那座山,但奇怪的是,上山的时候还是晴空万里,走到一半的时候突然就狂风大作,电闪雷鸣,瞬间乌云就遮住了所有的光,没办法就只好下来了。刚往下走,云就散了开,天空乍亮,又是艳阳高照,碧空如洗。阿姨说,后来就不敢让孩子们再去爬那座山了。"那应该就是神明施法,设的仙障。"

我说,我也是这么认为的。

我有个本能的习惯,就是每次在山上挖盆景的时候,都觉得没有到过的地方,一定会有好桩材,就像寻宝的人,感觉宝藏永远都藏在你没挖到的地方。于是每次我都越走越深,把周边很多险峻山头都转遍了,最后结果就是,没去过的和去过的地方,长有好树桩的概率,其实没什么区别。但即便这样,每次还是会被一种莫名的驱动力推着,一次一次地怀揣着希望,走向那些陌生的地方。

未知是神秘的必备属性。我们每个人都是泛神论者,是因为我们对未知有着天生的好奇与敬畏。就像那天在藏区,我坐在那里,看着对面直耸入云的雪山,发现它深邃、邈远,又如此庞大、遥不可及,有着我永远都到达不了的神秘,于是本来可有可无的神,突然因为我只能凝望着它,却永远无法到达,而显出了它壮阔的身躯。那是我这个无神论者第一次内心有神明。虽然我清楚,神明,只是人的精神诉求,就像孤儿的渴望凝结成的父母之幻象,但即便这样,却还是觉得,应该"有神明"。

毕竟有没有已经不重要了,应该有,才是需求。

所以每次面对佛的时候,我都觉得自己是他最疼爱的小儿子,我双掌合十,一俯首,就有种被佛光抚照润护着的温暖、踏实。

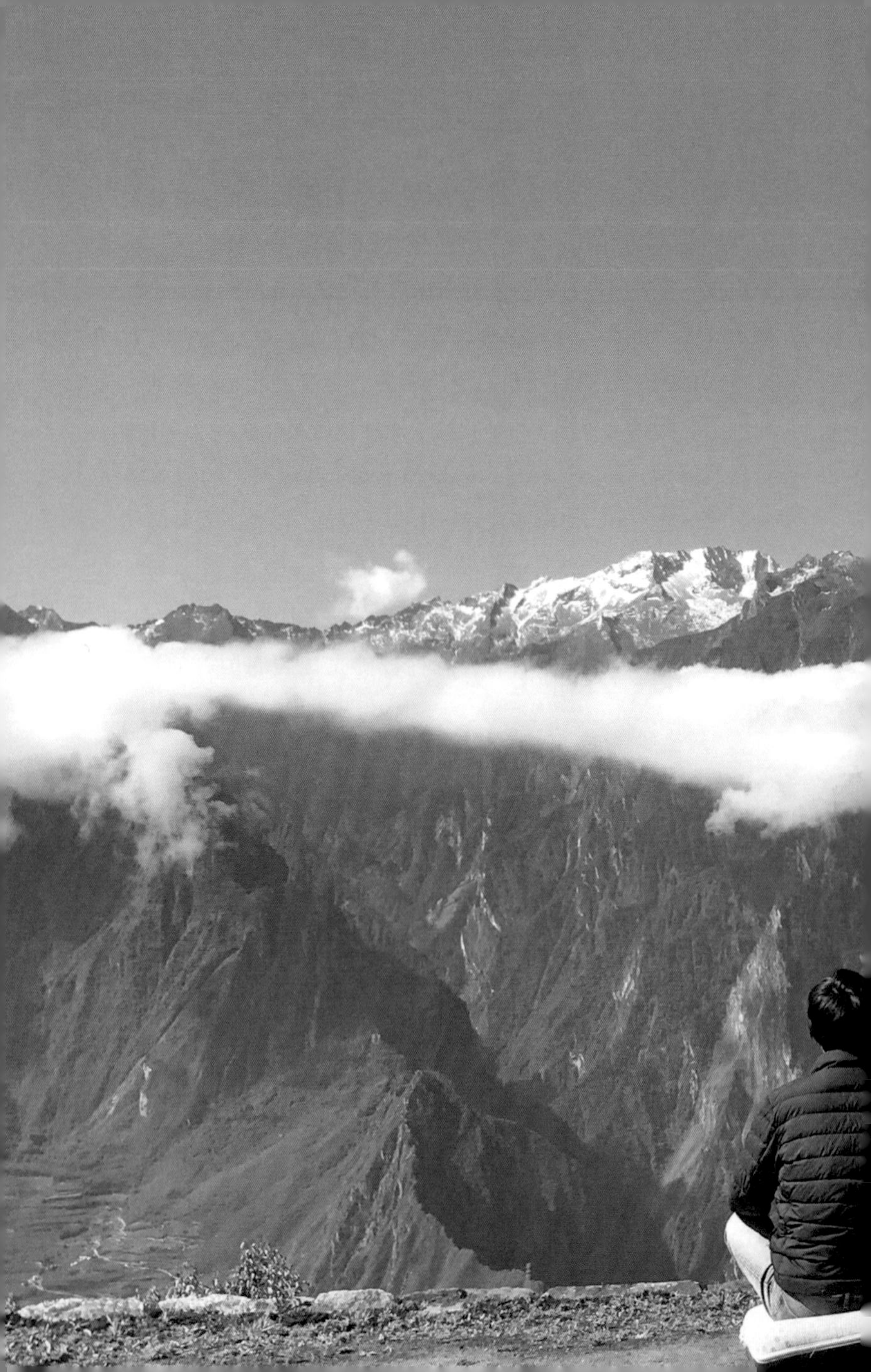

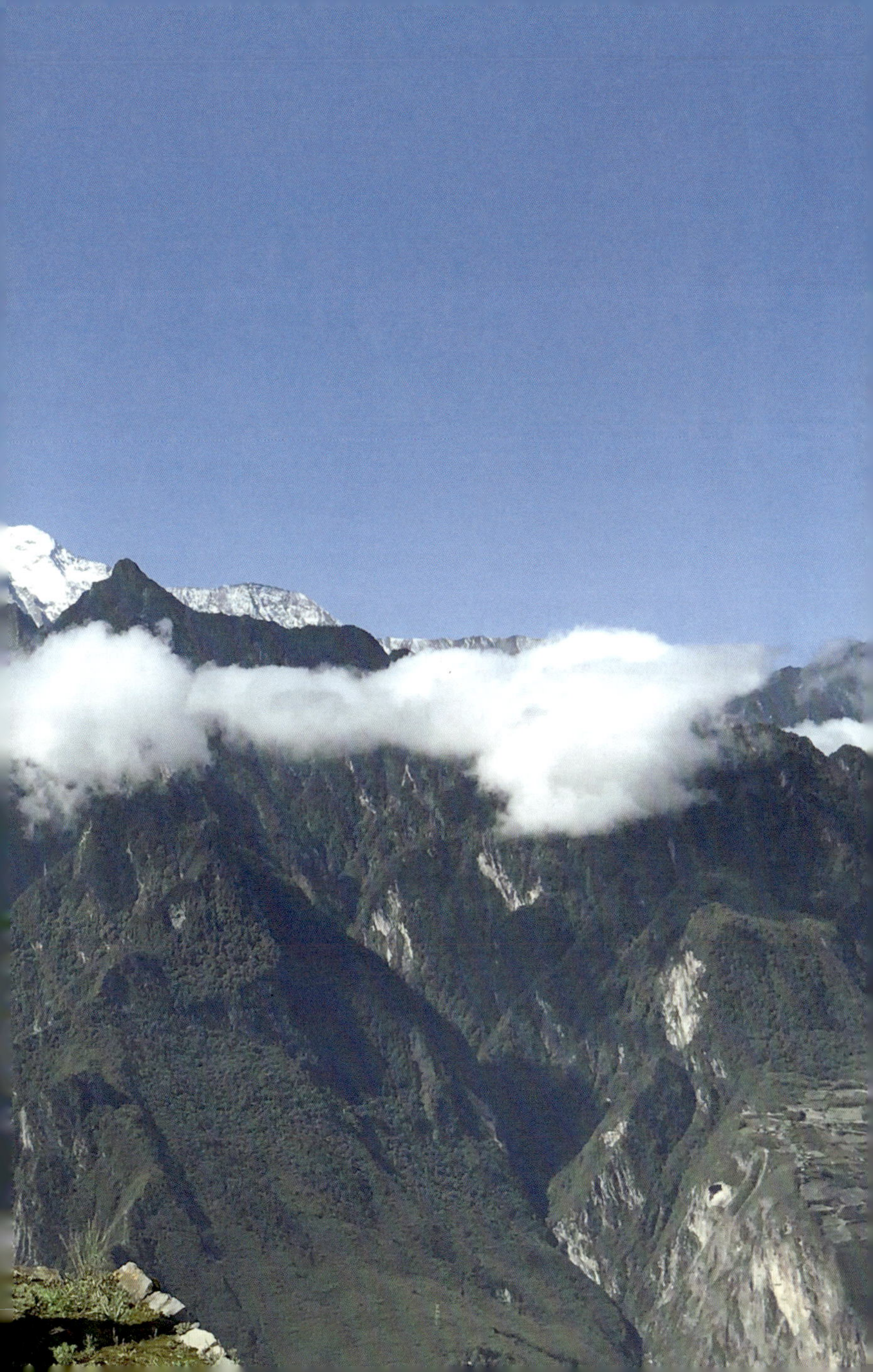

文明限制了想象力

题：可能每个人都想过，为什么上古先人那么有智慧呢？因为他们是神吗？还是外星人？如果他们不是神，那为什么他们的创造有神的视角呢？

一个人置身山野的时候，尤其是那种荒无人烟的山里，会有种不适感，会觉得周边的一切，那些山水、动植物才是主角，而自己则像个客居者。只有停下来，开辟出一块土地，居住下来后，才慢慢变成这个环境的一部分。

但这只是说，这个环境接纳了你，在这个空间里，你的房子和那个鸟窝，并没有什么区别。这个时候的人，所思所想，是有天地的：风有呼吸，闪电如笔；头顶的星空和脚下的蚂蚁，都蕴含着同一种秩序。所以人能创造出八卦、文字，可以将身体和宇宙连接在一起。

但如果是一群人，共同开辟出一块土地，比如建一个城市，那作为个人，和这些山水、动植物的关系就弱了，他的世界观会被限制在与人有关的社会关系里。人的认知，不断影响、限制着他的想象力,越文明,经验教化就越系统。就像一个孩子,如果从小就看动画片,那他画画的时候,就会把眼睛画成眼睛,而不会去想,眼睛为什么不能画成树枝或鸟的双翅呢?而古墨西哥阿兹特克时代的创作者,会把雨神的五官做成几条响尾蛇。

很明显,文明限制了想象力。我见过不少人,有才华的很多,有灵气的也不少,但还是给人一种仍在人间躬耕的感觉。怎么说呢,就像养鸡场的鸡思考的都是鸡场环境和养鸡生态,再睿智、才识过人,也只是在鸡场层面。虽然还算出色,但要不带点俗气,要不带点邪气,要不笨了点,要不就太聪明了,亦正亦邪,给人感觉也都不过如此。很少见有哪只超凡脱尘,能跳出鸡场,飞到枝头上、白云间,像鸟一样,欣赏着鸡场之外的星空、草原。

于是我就明白了,不是古人聪明,而是格局不同。或者说,不是我们不聪明了,而是我们格局变小了。

后记：山居七年

以我的经验来看，山居对于不同的人来说，感受很不一样。很多我不在意的问题，有可能对另一个人来说，恰好是最大的障碍。比如山里面虫子很多，蛇也挺常见的。每年我都会见到很多蛇，有的挡在路上，有的挂在房梁上。像这种情况，对于一个怕蛇的人来说，可能就是灾难。不过蛇这种东西，虽然很嚣张，但只要你不踩到它，它也不会反过来冲你龇牙，还是讲规矩的。

讲规矩的总还算个君子，与君子打交道，做好自己就行了，但遇到老鼠这种荡检逾闲的不法之徒，就难对付得多。山里的老鼠，比农村更肆虐，房顶墙脚无所不在，几乎每户人家的厨房里都有老鼠爬过的痕迹。每天晚上睡觉前，我都能听到轰隆隆老鼠爬过房顶隔板的响声。

我个人并不怕老鼠，但它在做饭的灶房里爬来爬去，啃坏柜子，偷吃食物，还拉屎在抽屉里，就让人很难接受。而且老鼠自带很多病菌，有一种很常见的传染病"出血热"，就是老鼠传播的，这是最令人惧愤的。我曾试过粘鼠板、老鼠夹子、捕鼠笼、超声波驱鼠器，还差点买了高压电捕鼠器，但都不能解决根本问题。老鼠之多，前赴后继，就像《星河战队》里怎么也打不完的外星昆虫，除掉这一拨总有另一拨出来。

那么这个时候自然而然就会需要一只猫了，一只土猫，橘猫，《惊奇队长》里的噬魂兽，因为只有土猫才能做到防老鼠。土猫好养，不需要猫砂，刨个土坑就解决了；不需要猫罐头，吃饭的时候，分它一点儿就行。你只需要隐忍的是，老鼠虽然没了，这只比老鼠力气和破坏力大很多倍的家伙，在你厨房里翻箱倒柜，把油瓶撞倒，把锅盖掀翻，把垃圾桶里的垃圾扒满一地；它不可避免地藏着跳蚤、蜱虫，带着下雨之后爪子上粘的泥，跳到你床上，企图和你睡一起。你更需要提前就准备好接受的是，它终将在成年以后，和你呈现出那种貌合神离的关系。毕竟人家是只猫，何况生在山林里。

不喜欢猫的人，如果条件允许，最好还是先把房间密封做好，把地面、墙根用水泥做实，随手关门。整个厨房固若金汤，老鼠就只能喝西北风了。

出于安全考虑，一般单独住，都会养条狗。养狗并不一定是防什么，就是陪伴，相当于"门铃"，有个动静。当然养狗的话，最好也是土狗，土狗聪明，口粗，不作。现在农村人嫌土狗个头大，吃得多，养的都是"板凳狗"。外貌是大狗，但个头比正常土狗小一半。有的头和身子是大狗，一站起来，腿比大狗短一半。不过，不管养什么狗，都比猫要省心得多，山里的狗有它们自己的江湖。

养鹅其实并不只为好看，除了有蛋吃，还能防蛇。蛇应该是不太喜欢鹅尖锐的叫声，所以有鹅来回踱步的院子里，蛇一般会少很多。据说鹅是会啄蛇的，不过鹅这种目空天下的东西，不只会啄蛇，什么都啄。

但养鹅最好养一只，一只鹅会跟人亲近，走到哪儿跟到哪

后记：山居七年

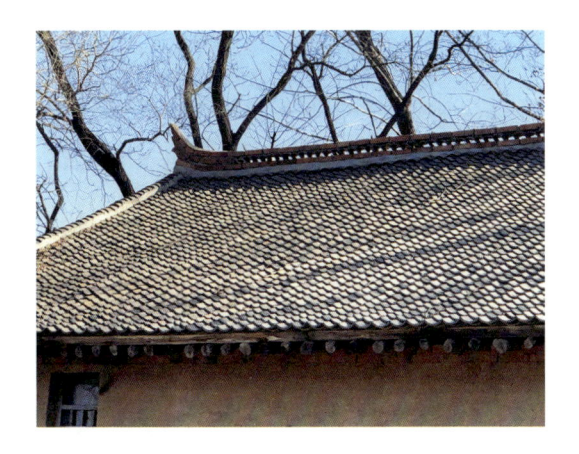

儿，招之即来。如果养两只以上，跟人就没什么关系了。当然，之所以不建议养太多鹅，并不一定是为了让鹅跟你亲近点，而是因为猫狗有了，如果又养两三只鹅，这个时候要是你动了一点儿想吃鸡蛋的心，再养几只鸡，那新的障碍就来了：

每当有人问我"你一个人每天在山上都干吗，不无聊吗"时，我就会失语，我总不能跟他说我在买狗粮、取狗粮、搭狗窝，夏天除虫、冬天防冷，喂鹅、赶鹅、捡鹅蛋，拾鸭蛋、给鸭子洗澡、换水，垒鸡窝、追鸡、喂粮食、取鸡蛋，给花浇水、盆景换盆、剪枝、塑形，翻地、浇菜、除草、搭架子、扎篱笆，扫地、劈柴、做饭、洗衣服、晒被子、收床单、换被罩、铺路、修水、换煤气……

家大业大，就得断舍离了。

一个人住，尤其是一个男的，洗衣做饭打扫卫生，都是你一个人的话，就很可能成为一种障碍，太占时间了。所有花啊草啊感悟啊，在生活中，都只是某个短暂、瞬间的偶遇，生活常态还是洗衣做饭打扫卫生，睡觉乘凉发发呆。那么这个时候就要看你住到山里面，是要过日子呢，还是只想享受那种片刻的偶然了。

真是过日子，夏天的时候，要把蚊帐支上，门窗纱帘装好。被褥下面长年都铺上电热毯，即便是夏天，遇上连日阴雨，也要开高温烤上一天。冬天在没有霜冻之前就提前包好水管,多缠几圈;不管你喜不喜欢,炉子都是必备的,烧柴就早点备柴,烧炭就提前备炭,反正电暖器、空调什么的,在零下十几度的寒冬,都不如火炉温暖。还有,种菜的话,每样几棵就够;引不到活水呢,就不要挖水池了。

这些都是可控的,在你的世界,你是自己的王,随你怎样。但"外交"却是不可控的那部分,就是你一个半路进来的外地人要处理与当地人的关系。大部分情况下,一般人跑到山里租房住,还是会选择有路有邻居的地方,毕竟山村,避免不了人。而任何与人有关的互动,都不那么轻松。

像在我们村,我就莫名其妙地被两个人记恨,一个据说是因为我在这儿住几年了,但从来没跟他打过招呼,就对我怀恨在心;另一个是因为我在修房顶的时候,叫了几个我们村的工人,没叫他,就对我怀恨在心。像这种人,你也不怕他,但我们不是说不怕贼偷,就怕贼惦记嘛,被一个心眼很小的人背地里埋怨着,总是不那么舒服。就像邻居偷东西,偷的都不是什么重要的,但他确实营造了一种不安全感,弄得什么都不能往院子里放,这才是最讨厌的。

当然还有,你要是开个奔驰,他可能就对你敬而远之,因为车对他们来说,不只是象征着有钱,还象征着有钱背后的能力。而这种能力对于村民来说,就是惹不起。车本来就是社会关系的外延。这种关系亦是双刃剑,因为在他们眼里你是个有

山居七年

钱人，于是每个人对你的那种友好，或者你自以为的那种质朴，都将变得不那么自然，他们内心真正考虑的，还是怎样才能在你这里占点什么便宜。比如给你干活，工钱比给别人要得高，工作效率比平时低，能多拖一天是一天；称农产品给你缺斤少两，卖你的土鸡蛋也许是超市里面的；房租收几百块钱一年，本来挺高兴的，但你这么想租，那就几千块钱一年；村主任、队长什么的闻着香味都来找你，想从你这接点什么活，捞点油水。当然，很多有钱人可能并不在意被占多少便宜，但我觉得他一定会在意对方的动机是否单纯。

作为一个外来者，和当地人的关系里最大的问题，就是你在那个环境里的"鸡毛蒜皮"，遇到磕磕绊绊，甚至是麻烦的时候，你能达到哪一种平衡。当然，农村的套路虽然多，但也不怎么高级，无非就是点虚荣、蝇头小利。所以在农村，结怨很简单，解怨也简单，见面打个招呼、递根烟，就都化解了。

不过这些也是偶然的，并非生活的常态，因此问题不大。我倒觉得，对很多人来说，比较普遍的障碍，应该是"一个人住"这件事。一个人在城里住，顶多可以做到独自、安静，不管在屋里怎样放飞自我，内心深处其实还不是"空寂"的。而真正的山野蛰居，从内到外都是空荡荡的孤寂、悠悠的独。这个时候你会发现，大多数人说自己爱安静的时候，其实只不过是爱一时的安静，一旦你把他放在一个真正空寂的、只有他一个人的环境里时，他就慌了。也许刚开始还很新鲜，但要让这样的"空"和"静"持续上三五天、一礼拜、一个月,他就会有种被遗弃的慌乱。

这也没办法,人类集体生活惯了,大多数时候的存在感,都来自和这个世界其他同类的互动。一旦这个互动没了,他就会思考存在的本质,而思考存在的本质,刚好是大多数人一生都不敢面对的现实。所以跑到山里住的人很多,但真能安然住下来的屈指可数。

与孤独并生的障碍,就是心魔。心魔是什么?我觉得就是心理暗示。一个人总跟自己对话,时间久了,就会陷入一种自我建设的超现实世界里。在那个世界里,什么样的不解、困惑,都是需要答案的。于是一旦遇到无法解答的疑惑,就自会用玄虚的逻辑来催眠自我。

已知是有诅咒的,就像我有天看到一张图片,是显微镜下的猫舌头。我发现猫的舌头之所以舔起人来涩涩的,有种颗粒感,是因为猫的舌头是由成千上万个小舌头密密麻麻组成的。于是当我再被猫舔时,就会有种被一万个密集的小舌头划过的不适感。所以我说过度讲究风水的人,都是被诅咒了的,因为在他的已知里,任何不合风水规范的细节,都决定了结果。

玄虚也的确是有法力的,需要自信时,怀才不遇不过是天降大任;需要救赎时,任何一束光都可以是佛光。只是很多人不知道那个"度"的界限在哪儿,又因为是在山里住,很容易就会以玄虚的逻辑完成自我建设,于是诅咒也就越来越多,越来越走火入魔。比如我见过一个女孩子，声称自己是仙子转世，说所有的狗见了她都不会叫，会跟着她，会示好，大概这就证明了，她的身上是带有某种灵气的。我说我有个在咸阳开收购站的老乡，也有这个能力，他这个人很怪，只要遇到狗，狗就跟它走，他不用喊，也不招手，狗就会悠悠忽忽地跟着它。然后这个老乡说，只要一到家就给敲死，炖吃了。所以他的结论是：每年冬天都能吃很多免费的狗肉火锅，特别香。

的确有灵气，而且特别香。

除了面对存在的本质，一不小心就会失衡的心魔，跑到山里住的人，需要反复警惕的就是虚荣。

我常常觉得一些人很可惜，本就沽名钓誉的低劣之徒就不说了，但有些人，明明是挺有才华的，却也不能安安静静享受自己的创作、生活，总是劳于社交，执着于出名、身份认同，仅仅是江湖上混个脸熟都能沾沾自喜，实在令人惋惜。就像有些人从城里跑进山里，本来就是为了消解存在的，最后却沉迷于归田、修行、隐士、隐居等虚妄的光环。

虽然名和利常常绑在一起，但于多数人来说，名的诱惑似乎要大于利，大概是因为他们从来没有得到过吧，人总是觊觎自己没有的东西。有时候我也想过，也可能是因为我尝过"成名"的味道，觉得不过如此，所以淡泊名利。但没有尝过"出名"味道的人，就始终会觉得，那个"甜"一定是生而为人最大的快感。就像买得起房的人，可以选择租房住，而买不起房的人，租房就成了一个家庭最沉重的无助。越是想而不得，越是诱惑，所以张爱玲说："出名要趁早。"就是说，早点尝过了出名的味道，就可以早点停止把人生浪费在虚荣上。

一个人住到山里，最大的障碍就是他自己。这几年我见过一些来到终南山，找了个地方住下的人，其中的大多数人住着住着便迷失了，要不被玄虚吞噬，要不被名利吞噬，孤独、虚荣、幽闭、寂静，处处都是坑。但也确实有一些人，因为这座山，而变得更开阔、清澈、平静。

有人被山毁灭，有人被山加持。

门前白云山河，窗外草木星空。

总觉得一块草地里，
就应该有头牛

或者几只羊也行

就像山里应该有个房子

房子里面应该住一人

屋里应该有点诗

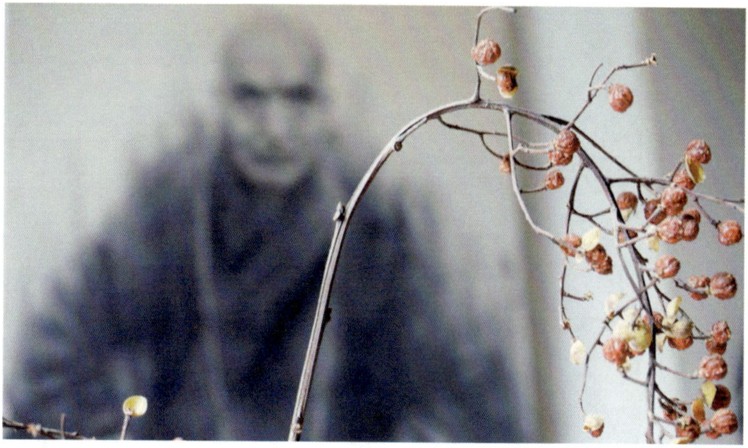

可以每天看一次日落

听一会儿风吹草动

门外，应该有条狗

和一只猫

几只鸡鸭鹅

这样山之野气，就会变得温润一些

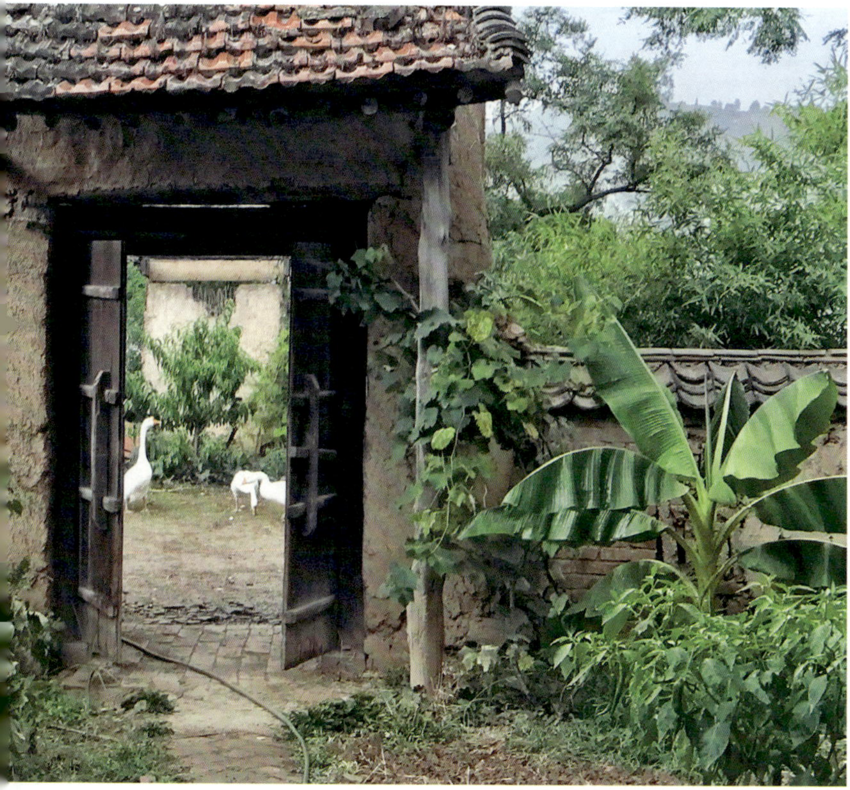

七年一梦，
　除了恍若想象的记忆，
　终究什么真实都没有。